Noite

2005
CENTENÁRIO DE

Erico
Verissimo

Erico Verissimo

Noite

Ilustrações
Rodrigo Andrade

Prefácio, crônica literária e crônica biográfica
Flávio Aguiar

2ª reimpressão

COMPANHIA DAS LETRAS

8 Prefácio — O *mea culpa* da metrópole

12 Noite

127 Crônica literária
130 Crônica biográfica
134 Biografia de Erico Verissimo

Prefácio

O *MEA CULPA* DA METRÓPOLE

Existem referências literárias cuja menção é tradicional em se tratando de *Noite*, de Erico Verissimo.* Além de *O homem da multidão*, de Edgar Allan Poe, uma que se impõe, ainda que menos evidente, é a de *Crime e castigo*, de Dostoiévski. No conto de Poe, apesar da tragicidade, predomina o olhar que já foi chamado de "*flâneur*" do narrador. Se essa classificação é adequada ou não, é algo em aberto. O narrador de Poe, em período de convalescença, segue um homem pela multidão londrina. Eles, os dois, não "flanam" pela cidade com o descomprometimento do "*flâneur*". O narrador tem um objetivo: decifrar o anonimato do outro. O objetivo deste, porém, é ambíguo: desejará ele fugir do anonimato ou nele se refugiar, enquanto vaga, aparentemente sem rumo, através da multidão, cruzando os diversos ambientes da cidade grande? Seu destino, afinal, é a multidão, é nela se dissolver, é nela desaparecer — como efetivamente faz, no final do conto.

Em *Noite*, um personagem aparentemente sem rumo vaga pela cidade grande. Sua atitude lembra a do protagonista de *Crime e castigo*, depois do crime que cometeu. O errar do Desconhecido (assim se chama o protagonista de Erico) é semelhante ao do olhar febril e perturbado de Raskolnikov, o personagem de Dostoiévski: o jovem de *Crime e castigo* vaga pela — então — desmesurada São Petersburgo, movido pela culpa do crime que cometeu e em busca de expiação, no romance que já foi apontado como o primeiro das grandes metrópoles que começam a perder a dimensão humana.

Mas o impulso e o destino dos protagonistas de Dostoiévski e Erico são inteiramente distintos. O que o Desconhecido (ou "homem do terno gris") procura é a própria identidade perdida, enquanto Raskolnikov quer, justamente, perder a sua, construindo outra. Raskolnikov consegue seu intento, encontrando na prisão, na religião e no amor o alívio que buscava. No entanto, se a busca do Desconhecido acaba por levá-lo à casa de onde partiu, sua identidade permanece turva e sem solução para o leitor. Como Raskolnikov, o Desconhecido é impulsionado pela culpa, mas visto que ele perdeu a memória não sabemos bem de que culpa se trata. Temos apenas indícios e informações desencontradas, que ele recebe por meio de objetos que não re-

---

* Ver, no fim desta edição, a "Crônica literária".

conhece ou por intermédio de outras pessoas. Ele porta uma carteira cheia de dinheiro. Terá cometido um roubo? Dizem-lhe que uma mulher foi morta a facadas por alguém enraivecido. Seria ele o criminoso? Seria a vítima a sua mulher? Aos poucos o Desconhecido se lembra de uma séria desavença com a mulher, dois ou três dias antes da noite fantástica em que percorre a cidade. O que teria acontecido? Ela o abandonara, ele a matara?

Uma autêntica trupe, como no tema da *nef des fous* — a nave dos loucos — da Idade Média, junta-se ao desesperado Desconhecido. Fazem parte dela um "anão corcunda" e um misterioso "Mestre". Quem e o que são? Talvez sejam alegorias da cidade, antípodas, um carregando o signo da deformidade no corpo, o outro na desmedida de seu caráter (ou falta de). Ambos se complementam, porém, exatamente por aquilo que os une na "perseguição" ao Desconhecido: a ganância pelo dinheiro do outro e o interesse por aquilo que ele poderá significar no futuro.

O Mestre é uma espécie de "cáften da noite". Ele conduz o grupo a uma visita noturna ao que a cidade tem de mais "depravado": boates, casas de tolerância disfarçadas... No Hospital Pronto-Socorro desfilam perante seus olhos e ouvidos os casos e acidentes escabrosos que povoam a noite da cidade estilhaçada.

Duas prostitutas se reunem ao grupo. Uma delas acaba dando ao Desconhecido o único tratamento humano que ele obtém durante sua corrida pela noite: não só se entrega a ele como cuida de seu rosto machucado e, é claro, de sua alma torturada, ainda que sem a menor noção ou intenção de compromisso.

Nesse ponto, a equação da narrativa se inverte. O Desconhecido passa a receber "mensagens" de seu passado distante, e em seguida de um passado mais recente. Sem que tenha a identidade desvendada, a natureza e a origem do sentimento de culpa que corrói o protagonista começam a tomar forma. Numa incursão pela psicanálise, que na década de 1950 era relativa novidade para o grande público no Brasil, Erico focaliza a confusa mistura de mãe/amor/sexo/prostituição/agressão/temor da impotência presente na alma do Desconhecido, um "complexo afetivo" que o levará ao desfecho.

No desenvolvimento da trama de *Noite*, uma coisa fica clara. Em seus romances dos anos 30 e 40, Erico já focalizara o tema da expansão do espaço urbano no Brasil. Em sua última obra do "Ciclo de

Porto Alegre", *O resto é silêncio*, de 1943, tematizara a perda de referências a que a "modernidade galopante" condenava o país. Voltaria ao tema n'*O retrato*, segunda parte da trilogia *O tempo e o vento*, em que o dr. Rodrigo Cambará, sucedâneo e bisneto do capitão Rodrigo de *O continente*, quer modernizar a outrora mítica cidade de Santa Fé importando novidades do Rio e da Europa. Agora, em *Noite*, esse novo ciclo de fragmentação urbana, a que o romance de 1943 na verdade dera início, progride (e irá se completar com a desagregação da família Terra-Cambará em *O arquipélago*, de 1961/1962).

Em *Noite*, a perda de referências é total, sem que novos pontos de apoio sejam construídos. A cidade não tem nome, as ruas são um labirinto sem saída, a imagem nativa (a índia) — referência-máter da literatura brasileira (recordemos *Iracema*, de Alencar, e o conto "A salamanca do Jarau", de Simões Lopes Neto) — é substituída por uma estátua sem vida cuja nudez perturba o escandalizado e atordoado "homem de gris".

A moldura histórica do lançamento de *Noite* é o meio do século xx, do pós-Segunda Guerra e da consolidação da Guerra Fria, época em que o "*american way of life*" surgia e era alardeado pelo cinema como um ideal de vida e consumo. Na verdade o próprio consumo se tornaria um ideal de vida. Esse novo padrão é parodiado numa festa evocada pelo Desconhecido, um jantar descrito como "à americana", em que sua mulher é cortejada por outros homens. Tudo, aparentemente, "muito moderno". Mas depois, em casa, enlouquecido por um ciúme doentio e despropositado, ele causará o incidente da desavença maior com a esposa, numa atitude agravada pela frustrante vida sexual dos dois.

Assim, a moldura que Erico desenha para seu protagonista é a de uma sociedade cujo processo de modernização é artificial, de superfície, e na verdade desagregador da personalidade dos homens. A culpa desse desencontro é tanto a despersonalização da sociedade moderna e capitalista que se pretende copiar, que desagrega ou fragmenta a personalidade, quanto a rigidez da "alma" do personagem que, no fundo, permanece no passado e é incapaz de aceitar o desafio da transformação. O Desconhecido permanece prisioneiro do passado, o mundo "macho" e "machista" que formou o Rio Grande de Erico e o Brasil de todos nós.

Flávio Aguiar

Noite

Ninguém lhe prestou maior atenção, pois naquele local e hora — uma esquina da avenida principal da cidade: oito da noite — ele era apenas uma das muitas centenas de criaturas humanas que se moviam nas calçadas. À primeira vista sua aparência nada revelava de extraordinário. Era um homem de estatura mediana, teria quando muito trinta anos, trajava roupa de tropical gris e estava sem chapéu. Quem, entretanto, lhe examinasse o rosto mais de perto, notaria algo de anormal naqueles olhos cujas pupilas ora se esvaziavam, como as de certos loucos, ora se animavam dum atônito fulgor de medo, como as dum animal acuado.

O homem de gris deu alguns passos, fez uma volta em torno de si mesmo, pareceu que ia entrar pela porta duma casa de apartamentos, mas recuou e, depois de colidir com dois ou três passantes, estacou à beira da calçada, moveu a cabeça dum lado para outro, como quem procura orientar-se, e deu um brusco passo à frente... Sentiu que alguém lhe agarrava o braço e o puxava com violência para cima do meio-fio, ao mesmo tempo que lhe gritava ao ouvido: "Quer morrer atropelado? Atravesse a rua pela faixa". Ele não disse palavra nem sequer olhou para o homem que o detivera. Ergueu o rosto para o céu e pronunciou o nome de mulher que vinha repetindo mentalmente desde que aparecera àquela esquina, havia pouco mais dum minuto. Sua voz não se sumira de todo no ar e já aquela combinação de sons cessava de ter para ele qualquer sentido; não lhe evocava nenhuma imagem: era como a sombra dum corpo inexistente. E essa sombra mesmo se apagou numa fração de segundo.

Olhou em torno e não reconheceu nada nem ninguém. Estava perdido numa cidade que jamais vira. Recostou-se a um poste e ali ficou a sacudir a cabeça dum lado para outro, como para dissipar o nevoeiro que lhe embaciava as ideias. De olhos cerrados, procurava desesperadamente lembrar-se, e esse esforço lhe atirava o espírito em abismos vertiginosos, em sucessivas quedas no vácuo...

Quem sou? Onde estou? Que aconteceu?

Não era com a mente que ele fazia essas perguntas angustiadas, nem elas chegavam a articular-se em palavras e frases. Essas urgentes indagações em torno de identidade, tempo e espaço estavam subterraneamente contidas naquela ânsia aturdida. Era como um homem que, despertando em quarto escuro, procurasse às cegas, num terror quase pânico, uma janela para o ar livre, para a luz.

Continuou recostado ao poste, recusando-se a abrir os olhos, temendo até pensar, pois isso lhe dava uma sensação de desmaio, lançava-o naqueles precipícios brancos e vazios.

O suor escorria-lhe pela testa, pelas faces, pelo dorso. Fazia um calor sufocante. O ar morto e espesso tinha algo de viscoso. Das lajes das calçadas e do asfalto das ruas, batidos o dia inteiro pela soalheira, subia um bafo de fornalha.

Com o rosto colado ao poste, o Desconhecido escutava os ruídos da noite: o tropel e as vozes indistintas dos transeuntes na calçada; a surda trovoada do tráfego riscada pelo trombetear das buzinas e, a intervalos regulares, pelo tilintar das campainhas das sinaleiras.

A cidade parecia um ser vivo, monstro de corpo escaldante a arquejar e transpirar na noite abafada. Houve um momento em que o homem de gris confundiu as batidas do próprio coração com o rolar do tráfego, e foi então como se ele tivesse a cidade e a noite dentro do peito.

Continuava o tropel na calçada, e do zum-zum informe das vozes de quando em quando se destacava uma palavra clara ou mesmo uma frase. "Que forno!" Alguém falara tão perto que ele chegara a sentir-lhe o hálito morno. Risada feminina. Depois, voz de homem: "Este verão vai ser medonho". Um passante roçou-lhe o braço. Um outro atirou-lhe na cara uma baforada de fumaça.

O Desconhecido continuava de olhos fechados, como para manter aquela noite particular à parte da outra que envolvia a cidade. E nas ruas sem nome nem norte de sua noite ele estava também perdido. Apertou a têmpora contra o poste e murmurou: "Meu Deus, meu Deus!". Abriu os olhos. Como as lágrimas lhe turvassem a visão, enxugou-as com a manga do casaco e ficou olhando o vaivém da calçada, com uma curiosidade que por alguns momentos lhe aliviou o estado de angústia.

Ao passarem por baixo do grande anúncio de gás neônio, as faces dos transeuntes tingiam-se ora de vermelho ora de verde ou violeta. O Desconhecido quedou-se por algum tempo a contemplar aquele jogo de cores, como uma criança entretida com um calidoscópio.

Sentiu, sobressaltado, que lhe enlaçavam a cintura, enquanto uma voz lhe dizia: "Estás mal, hem, velho?". Num movimento instintivo inteiriçou o corpo, desvencilhou-se do abraço e, sem voltar a cabeça nem atentar bem no que fazia, pôs-se a andar. Num gesto maquinal tirou do bolso o lenço e passou-o pelo rosto. Que perfume era aquele? A quem pertencia aquele lenço? Meteu as mãos em outros bolsos e tirou deles uma caixa de fósforos, um maço de cigarros, uma caneta-tinteiro e uma carteira. Parou à frente duma vitrina iluminada e, de cenho franzido, examinou longamente esses objetos, sem reconhecê-los. A carteira estava cheia de dinheiro. Seus dedos acariciaram timidamente as bordas das cédulas, sem tirá-las de seus compartimentos. Muito dinheiro... A descoberta daquelas coisas, principalmente a da carteira, dava-lhe um vago, desconfiado medo. Meteu-as atabalhoadamente nos bolsos, moveu a cabeça dum lado para outro, com a sensação de que estava sendo observado.

Alguém lhe deu um encontrão e ele se pôs a caminhar sem saber por que nem para onde. Aquelas coisas agora lhe pesavam nos bolsos. Eram objetos que não lhe pertenciam. Como teriam vindo parar em seu poder? Talvez tivesse vestido por engano um casaco alheio... Mas como? Quando? Onde? Por quê? Apalpou os bolsos das calças. No direito encontrou um molho de chaves. Não se deteve para examiná-las, limitou-se a *vê-las* com as pontas dos dedos. Estavam presas ao cinto por uma corrente de metal. Por alguns instantes ficou a brincar com elas.

Não queria pensar. Pensar dava-lhe tonturas, doía...

Chegava agora a outra esquina. Recostou-se a um poste e ficou a observar fascinado, mas com um certo temor, os faróis dos automóveis que rodavam sobre o asfalto. Um grande ônibus de janelas iluminadas e abarrotado de gente passou junto à calçada, produzindo uma rápida e morna brisa, que bafejou o rosto do Desconhecido.

Uma voz rouca mais vibrante destacava-se dos outros ruídos da noite. Na calçada oposta um vendedor de jornais gritava: *"Diário da Noite! Diário da Noite!"*. Aos ouvidos do Desconhecido o nome do jornal soava como *"Diaranôi! Diaranôi!"*. Ele disse baixinho: *Diaranôi*. Depois repetiu mais alto: *Diaranôi!* E sorriu, satisfeito, como se de repente houvesse aprendido a língua daquela cidade estrangeira.

Depois seu olhar seguiu a onda de transeuntes que atravessava a rua. Veio-lhe o desejo de segui-la. Pôs-se a andar, lento e inseguro, quando na sinaleira já brilhava a luz amarela. Viu-se de repente sozinho e perdido no meio da rua. Os olhos de fogo avançaram contra ele, o clarão dum farol apanhou-o em cheio, cegando-o momentaneamente.

Por alguns segundos ficou a negacear como uma fera acuada diante dos caçadores, procurando uma brecha para fugir. Chegou a tocar com a palma da mão o para-brisa dum automóvel, bateu com a coxa no para-lama de outro e por fim perfilou-se e, as pernas muito juntas, os braços colados ao longo do corpo, os olhos fechados, deixou-se ficar imóvel a balbuciar "Meu Deus, meu Deus", enquanto os carros passavam zunindo, deslocando o ar que lhe envolvia o corpo, fazendo esvoaçar-lhe os cabelos, a gravata, as abas do casaco, as bocas das calças. E ele sentia naquele bafo o hálito quente arquejante dos animais que o atacavam. O chão estremecia, o espaço se enchia de guinchos, latidos, vozes. Santo Deus! Ele sentia um suor frio escorrer-lhe pelo corpo todo e esperava o momento em que ia ser lançado ao chão e esmagado por aqueles monstros, ficando ali sobre o asfalto, massa informe e sanguinolenta. De súbito a ventania cessou, fez-se um silêncio e ele ouviu a campainha da sinaleira. Abriu os olhos e se surpreendeu de novo em meio da multidão. Deixou-se levar aos empurrões, as pernas meio frouxas, a garganta seca e ardida, o coração a pulsar descompassado — até que atingiu a outra calçada. Foi então que avistou o Parque e lhe veio a ideia de que, se o alcançasse, estaria salvo.

Dentro do parque sentiu-se liberto da cidade, embora ainda prisioneiro da noite. Andou vagueando sem rumo, e durante esses minutos seu espírito, espelho morto, refletiu passivamente o que seus olhos entreviam; o vulto das árvores, os largos tabuleiros de relva com zonas de sombra e luz e, dum lado e outro da alameda, os globos iluminados na extremidade dos postes. Durante algum tempo não prestou atenção ao crepitar dos próprios passos no saibro do caminho e, quando teve consciência desse ruído, imaginou que fossem as passadas dum estranho. Estacou, perturbado, e voltou a cabeça para trás, a fim de verificar se estava sendo seguido. Não viu ninguém, mas isso não o tranquilizou. Retomou a marcha. Caminhava um pouco encurvado, a boca entreaberta, os olhos no chão, o pensamento em parte nenhuma. Sem que ele próprio soubesse por quê, abandonou a alameda e enfiou por um bosquete de acácias e pôs-se a andar dentro dele com alguma dificuldade, pois ali a escuridão era quase completa e ele tinha de avançar devagar com os braços estendidos como um cego, a fim de não esbarrar nos troncos. Caminhou assim aos tropeços por alguns minutos que lhe pareceram horas, na esperança de encontrar de novo a estrada iluminada; e, como isso tardasse a acontecer, começou a ficar inquieto e de novo lhe veio aquele medo, a sensação de que estava sendo perseguido, sim, de que estava sendo *caçado* pelo proprietário das coisas que levava nos bolsos... De súbito se viu diante duma clareira tapetada de relva e avistou, lá do outro lado, a uns trinta passos de onde se achava, as luzes duma alameda. Deitou a correr e só parou ao chegar a um dos bancos. Ficou por alguns segundos à escuta, arfante, mas o único som que ouviu foi o do pulsar do próprio sangue nas têmporas. O ardor da garganta e a secura da boca haviam aumentado. Água. Estava com muita sede. Água. Sentou-se pesadamente, atirou a cabeça para trás e ficou a olhar com fixidez para o globo do combustor que se erguia atrás do banco. Chegou-lhe aos ouvidos um rascar de passos. Entesou o busto, moveu a cabeça dum lado para outro, alarmado. Um homem e uma mulher passaram abraçados, sem lhe lançarem sequer o mais rápido olhar. Ah! Decerto ainda não sabiam. Talvez ninguém ainda soubesse. Poderia andar impunemente pelas ruas até... Até quê?

Num gesto de autômato, tirou um cigarro do bolso, acendeu-o e começou a fumar. Descobriu que podia expelir a fumaça pelo nariz e ficou longo tempo absorto nesse brinquedo. O suor pingava-lhe do rosto nas coxas, manchando a fazenda das calças. Ao passar o lenço pelas faces, outra vez o perfume deixou-o intrigado. Tirou do bolso a carteira e tornou a examinar-lhe o conteúdo. Muito dinheiro, muitíssimo dinheiro, uma fortuna... Teve medo de contar as cédulas, uma por uma. Guardou a carteira e ficou olhando para o chão. Decerto tinha roubado. Mas como, se não era ladrão? A verdade é que aqueles objetos não lhe pertenciam. Ia pagar caro o seu crime. Crime? Quem foi que falou em crime? Sim, podia ter assassinado alguém. Pôs-se de pé bruscamente, subiu no banco, aproximou as mãos do globo luminoso e começou a examiná-las, aflito, para ver se estavam manchadas de sangue. Não descobriu nada. Examinou o casaco, as calças, a camisa. Nada! Ergueu de novo os braços para a luz e verificou então que tinha no pulso esquerdo um relógio. Ali estava outro objeto roubado. Um relógio de ouro, com pulseira de metal. Juro como não é meu, mas juro também como não sei de quem é!

Tornou a sentar-se e só então lhe ocorreu que podia estar sonhando. Sim, aquilo era um pesadelo, e essa ideia tranquilizou-o um pouco. Com o torso encurvado, os cotovelos fincados nas coxas, as mãos segurando a cabeça, fechou os olhos e por algum tempo atentou apenas naquele pulsar surdo e doloroso que lhe martelava as fontes. Água. Queria afundar a cabeça dentro dum poço para refrescá-la... Abrir a boca e beber, beber muito...

Veio-lhe de novo aquela aflição, aquele medo, a sensação de que o Parque estava cheio de sombras que o procuravam. Pôs-se de pé, hesitou por um instante quanto ao rumo que devia tomar, e acabou seguindo na direção dos edifícios de janelas iluminadas, para além das árvores, pois agora compreendia que o perigo estava no Parque: era imperioso sair dali o quanto antes.

Caminhava com cautela, olhando furtivamente para os lados e de vez em quando para trás. À esquerda da alameda um largo quadrilátero de relva descia em suave rampa na direção dum renque de salgueiros. O Desconhecido jogou fora o cigarro, precipitou-se declive abaixo e só foi parar além dos chorões, onde a lomba terminava e grandes canteiros se recortavam no chão, cobertos de flores. Foi então que avistou o vulto. O choque da surpresa cortou-lhe a respiração e deixou-o paralisado por alguns segundos. A outra pessoa estava também imóvel, de costas para ele, e parecia olhar para o alto. O Desconhecido ficou por algum tempo a mirá-la e aos poucos lhe veio uma estranha calma trazida pela intuição de que daquele vulto não lhe poderia vir nenhum perigo. Sabia que não tinha sido visto. Podia dar meia-volta e fugir sem ruído. Mas não fez nada disso. Ao contrário: aproximou-se, com uma alegria feroz, embriagado pela revelação da própria coragem. Que viessem! Estava disposto a enfrentar a situação. Acabaria duma vez por todas com aquela estúpida perseguição. Soltou num desafio a primeira palavra que lhe veio à mente: *Diaranôi!* A figura continuou rígida, olhando para o céu. Só então o Desconhecido percebeu, pelos contornos da silhueta, que estava diante duma mulher, e duma mulher completamente nua. Numa súbita indignação vociferou: "Cadela indecente!". Deu mais alguns passos, agressivo. A mulher continuava impassível. O Desconhecido saltou para cima da pedra onde ela se achava, enlaçou-lhe o busto, apertou o corpo inteiro da criatura contra o seu, sentindo-lhe a dureza dos seios, das nádegas, das coxas, e desatou a rir como uma criança porque estava abraçando uma estátua, uma estátua de pedra, nua, sim — e acariciava os seios —, completamente nua — beijava-lhe a nuca — ali sozinha no Parque, olhando para o céu — e fazia a mão espalmada descer pelo ventre côncavo, pelas coxas — não oferecia perigo nenhum, nenhum, nenhum... Ria e ao mesmo tempo chorava, as lágrimas lhe rolavam pelas faces, e ele tornou a beijar a nuca da figura de pedra, cujo corpo tinha uma tepidez humana. E como seu peito estivesse colado ao dorso da estátua, pareceu-lhe que era o coração dela e não o seu que batia. Saltou para o chão, recuou alguns passos e olhou o monumento. Representava uma índia com o rosto erguido, os braços estendidos, as palmas das mãos voltadas para cima, como a pedir alguma coisa ao céu.

O Desconhecido tornou a acercar-se dela. Era a primeira amizade que fazia naquela cidade estrangeira. Aninhou a cabeça entre as coxas da estátua, enlaçou-lhe as pernas e, ao fazer esse gesto, passou-lhe pela mente a tênue e esquiva sombra duma lembrança. (Onde? Quando? Quem?) Mas a sombra passou, ficou de novo o vazio cinzento e foi nesse instante que ele avistou o lago, a poucos metros de onde estava. Aproximou-se dele, ajoelhou-se e pôs-se a banhar sofregamente a testa, as faces, o pescoço. Encheu d'água o côncavo da mão, levou-o aos lábios e bebeu um gole. A água estava morna, áspera e tinha um gosto insuportavelmente amargo. Cuspiu fora o que lhe restava na boca. Começou a dar tapas na face do lago, inclinando a cabeça para receber os borrifos no rosto. Depois mergulhou as mãos longamente. Sentiu que corpos estranhos, oleosos e frios, roçavam por elas, enquanto a superfície da água se enchia de pontos escuros que se agitavam, numa pululação. Bichos! Retirou as mãos bruscamente e ficou olhando. Viu dezenas de peixes espadanando, um abrir e fechar de bocas minúsculas, o fosco luzir de olhos gelatinosos. Por alguns segundos a água ficou encrespada. Depois os peixes se sumiram e a superfície do lago se alisou. O Desconhecido aspirava agora o cheiro da grama, de mistura com o da terra seca e quente. Estendeu-se no chão, abriu os braços e ficou a respirar fundo, a olhar primeiro o céu nublado e depois, cerrando os olhos, o vazio da própria mente. Doíam-lhe as costas e as pernas. O melhor era não pensar, mas dormir, dormir...

Acordou alarmado, olhou dum lado para outro, atônito, com aquele medo de novo a oprimir-lhe o peito. Pôs-se de pé e saiu a andar sem rumo certo.

A carteira pesava-lhe cada vez mais no bolso, e de instante em instante ele lançava um olhar para o relógio. O melhor era desfazer-se daquelas coisas antes que fosse tarde demais. Não lhe pertenciam. Não tinha o direito de usá-las. Procurou desafivelar o relógio, lutou cegamente com a pulseira, mas não conseguiu nada. Podia atirar a carteira entre as moitas... Sim, era a solução. Não! Talvez fosse pior. Se o prendessem e ele não pudesse dar conta do dinheiro roubado? Mas eu não roubei! — gritou. Parou e voltou-se para todos os lados, para verificar se alguém o havia escutado. Não viu ninguém. O ruído do tráfego chegava-lhe amortecido aos ouvidos. Retomou a marcha. Era preciso sair o quanto antes do mato. O melhor era seguir pela primeira estrada que encontrasse. Foi o que fez. Sentados num banco, um soldado e uma rapariga estreitavam-se num abraço, os lábios colados em prolongado beijo. Não pôde evitá-los, pois só os viu quando já estava a dois metros deles. Passou encolhido, sem olhar. Pouco depois chegou a um redondel em cujo centro se erguia uma pérgula branca cercada de canteiros floridos. A fragrância de jasmins-do-cabo adocicava o ar. O Desconhecido aspirou-a fundamente e ficou parado, de testa franzida, como se estivesse ouvindo uma voz amiga pronunciar seu nome. Aproximou-se dum dos jasmineiros, estendeu a mão para apanhar uma flor mas conteve-se, tomado de súbito receio. De longe veio o clangor duma buzina de ônibus, que semelhava o berro desgarrado dum boi. Só agora, à luz das lâmpadas que se estendiam num colar em torno do redondel, é que o Desconhecido começou a divisar os vultos humanos camuflados pela sombra zebrada que a pérgula lançava no chão. Quase todos os bancos estavam ocupados por casais de namorados. Soaram passos no areão do redondel. Murmúrios de vozes. Um pigarro. Uma risada.

O Desconhecido avistou um portão japonês e enveredou por ele. Caminhou por dentro dum sombrio túnel de verdura, foi sair num jardim iluminado por lanternas de várias cores, e ficou a andar à toa, já num vago espírito de feriado, por entre árvores anãs, montanhas e pagodes. Passou por uma ponte em arco que atravessava um regato, escalou um vulcão — de cuja cratera subia um resplandor vermelho — e isso o divertiu tanto que ele voltou sobre os próprios passos e repetiu a proeza. Por fim parou à frente dum templo aberto, a contemplar um ventrudo Buda placidamente sentado sobre um tamborete. No corpo de bronze do ídolo refletia-se a luz verde das lanternas que pendiam do teto. Sapos coaxavam no regato próximo, mas para o homem de gris quem coaxava era aquele deus bonachão que o fitava com seus olhos vazios e sorria como se soubesse de alguma coisa ou de tudo.

O Desconhecido foi despertado de sua contemplação por um grito. Tomado dum medo pânico rompeu a correr às cegas, pisando em canteiros, mergulhando os pés num regato onde boiavam flores aquáticas, que na sombra pareciam estranhos peixes adormecidos. E as vozes às suas costas — agora eram muitas — faziam-se cada vez mais fortes, e pareceu-lhe que diziam — *Pega! Pega!* Ele corria sempre, e quanto mais avançava mais nítidos iam ficando a seus ouvidos os ruídos do tráfego. Por fim, com uma repentina sensação de alívio, viu a rua iluminada, o clarão das vitrinas, os faróis dos automóveis, as casas, as calçadas — de novo a cidade. Estava salvo!

Havia pouca gente naquela quadra, e isso de certo modo o tranquilizou. Ficou longo tempo parado sobre o meio-fio, esperando a oportunidade de atravessar a rua, atraído como estava por uma vitrina da calçada oposta. Habituava-se aos poucos àquela cidade. Em breve estaria familiarizado com suas ruas, e talvez até com seus habitantes. Claro, conseguiria explicar à polícia que não era um ladrão, que não sabia como aqueles objetos tinham vindo parar em seu poder... Acendeu um cigarro, tirou uma baforada e, aproveitando o momento em que não passava nenhum veículo, rompeu a correr através da rua e foi parar na frente da vitrina, orgulhoso da proeza. Depois das sombras do mato era bom ver luz, muita luz. Aproximou o relógio dos olhos, num gesto automático. Parado. Verificou que o vidro estava partido. Como acontecera aquilo? Onde? Teria de mandar botar um vidro novo, antes de devolver o relógio ao verdadeiro dono. Um belo relógio... Já começava a ufanar-se dele.

Ficou a olhar para os artigos de praia expostos na vitrina — bolas de borracha de gomos coloridos, roupas de banho, boias na forma de peixes, jacarés, serpentes... Sobressaltou-se ao avistar o homem que o observava lá no fundo... Um homem sem chapéu, o cabelo revolto, a roupa manchada, um cigarro preso aos lábios... Levou algum tempo para perceber que estava diante dum espelho. Começou a fazer gestos que o *outro* repetia. O *outro* era ele. Mas ele era... assim? Chegou a encostar a testa no vidro para ver mais de perto a própria imagem. Quedou-se por alguns segundos nessa postura, os olhos agrandados por uma nova espécie de temor. Teve ímpetos de quebrar o espelho, no entanto seus braços permaneceram caídos ao longo do corpo. Sentiu um amolecimento enternecido. O cigarro tombou-lhe aos pés. Uma coisa lhe subiu no peito, apertou-lhe a garganta e finalmente lhe saiu pela boca num soluço. Por algum tempo ele chorou como uma criança, ali junto da vitrina. Por fim enxugou os olhos com a manga do casaco, mas não quis mais olhar para o *outro*. Saiu a caminhar lentamente, e de instante a instante balbuciava — "Meu Deus!" — achando estranha a própria voz como achara estranha a própria imagem. Passou por outras vitrinas e evitou-as, como se fossem novos inimigos. Queria uma rua com menos luz, com menos gente. Ardia por um copo d'água. Parou a uma esquina junto da carrocinha dum vendedor de pipocas. No pequeno compartimento de paredes de espelho, as pipocas saltavam magicamente. O Desconhecido aproximou-se, curioso, aspirando o cheiro de fritura. O vendedor perguntou:

— Pipoca?

Ele fez com a cabeça um sinal afirmativo.

— Pacote pequeno ou grande?

— Grande.

Assobiando, o vendedor encheu de pipocas um cone de papel e entregou-o ao freguês.

— Dois e cinquenta.

O homem de gris tirou do bolso a carteira, pescou de dentro dela uma cédula, ao acaso, entregou-a ao vendedor e retomou seu caminho. O outro examinou a nota e gritou:

— Epa, moço! Olhe o troco.

O Desconhecido nem sequer voltou a cabeça. O vendedor correu para ele, alcançou-o e segurou-lhe o braço, excitado.

— Mas o senhor me deu uma nota de cinquenta!

O homem de gris livrou-se dele num repelão e continuou a andar, com passos cada vez mais acelerados. Comia com grande voracidade, enchia a boca de pipocas, triturava-as, frenético, com a pressa de quem quer devorar a guloseima antes que alguém lha arrebate das mãos. O cone esvaziava-se. E o Desconhecido não cessava de andar nem de mastigar. O remorso picou-o. Não devia gastar o dinheiro alheio. Não era direito. Teria um dia de responder por aquilo. Na primeira rua deserta ia livrar-se da carteira, atirá-la na sarjeta ou dentro de algum bueiro... O cone estava agora vazio: levou-o aos lábios, emborcou-o, e partículas de pipoca e sal caíram-lhe sobre a língua. Agora precisava beber alguma coisa gelada, beber muito.

E de novo se perdeu num território crepuscular, povoado de vozes e vultos vagos, iluminado de quando em quando por súbitos e inexplicáveis clarões — e nesse mundo ele andou perdido, o pensamento vazio, consciente apenas do fato de que caminhava, embora as pernas parecessem não pertencer-lhe. Vozes soavam perto de seus ouvidos, feriam-lhe os tímpanos, mas não lhe diziam nada. No mais, era aquela dor branca na boca do estômago, e a solidão, o abandono, o ruído regular e implacável daquelas passadas que o perseguiam. Levou algum tempo para perceber que eram os seus próprios passos soando nas lajes duma calçada solitária.

Era uma rua estreita e sombria. Deve ser outra cidade — pensou o homem de gris, sem sequer procurar saber como viera parar ali. Lambeu os lábios e sentiu-os salgados. O calor continuava. Uma grossa baga de suor escorreu-lhe pelo dorso, ao longo da espinha, numa cócega fresca. De longe em longe um lampião alumiava frouxamente um trecho de calçada. As casas eram quase todas baixas e de aspecto pobre. De dentro de algumas delas vinham vozes cansadas. O Desconhecido lançava olhares furtivos para aquelas salas estreitas que cheiravam a mofo ou cozinha, e onde se moviam vultos à luz triste de lâmpadas nuas. Um gato branco jogou-se do peitoril duma janela para a calçada, atravessou a rua num trote arrepiado e saltou para cima dum muro. Chegou aos ouvidos do Desconhecido a música dum piano. Ele parou e procurou lembrar-se. Que melodia era aquela? Inútil. As notas soavam num vácuo. Continuou a marchar, dobrou a primeira esquina, entrou numa rua mais larga mas igualmente mal iluminada. Ia de cabeça baixa, distraído a olhar a própria sombra. Andou assim uma quadra inteira, tão absorto a pensar em coisa nenhuma, que, ao erguer os olhos, estava a dois passos duma meia-água em cuja calçada se estendiam duas filas de cadeiras ocupadas por homens e mulheres que conversavam animadamente. Percebendo que teria de passar entre aquelas duas alas de estranhos, o homem de gris fez alto, hesitou e acabou por descer da calçada e seguir pelo meio da rua. Teria dado quando muito uns cinco passos quando ouviu uma voz gaiata gritar algo que ele não entendeu. Seguiu-se um coro de risadas. O Desconhecido sentiu as orelhas em fogo. Canalhas! Estavam fazendo troça dele. Soltou um palavrão e fez um gesto obsceno do qual ele próprio depois se surpreendeu. Agora tinha a certeza de que se batesse em qualquer daquelas portas para pedir um copo d'água, haviam de tratá-lo como a um criminoso. Era horrível viver em terra estranha!

Fez alto a uma esquina para olhar alguns meninos que jogavam futebol no meio da rua. Seus olhos acompanhavam a bola branca que andava dum lado para outro, impelida pelos pontapés dos rapazes. "Passa ligeiro!", gritavam. "Chuta! Não dribla!"

Houve um momento em que a esfera se ergueu do chão com força, bateu numa parede, tombou na calçada, tornou a saltar e um dos rapazes aparou-a com a cabeça, impelindo-a na direção dum companheiro, que com outra cabeçada enérgica a atirou para longe. Vendo a bola rolar na sua direção, o Desconhecido precipitou-se para ela e aplicou-lhe um violento pontapé que a ergueu no ar, atirando-a atrás dum muro, enquanto dentre os meninos rompiam berros de protesto: "Bruto! Cavalo! Prevalecido!". Alguns avançaram para ele, agressivos, gritando estridulamente: "Vai buscar!". Ele se afastou do bando em passadas rápidas. As crianças atiravam-lhe insultos: "Filho da mãe! Palhaço! Sem-vergonha!".

Por fim as vozes silenciaram. O homem de gris entrou noutra rua. Diante duma casa cor-de-rosa ouviu um choro de criança de colo, fez alto e ficou a escutar, sorrindo nem ele mesmo sabia por que, e só retomou a marcha quando o choro cessou.

No meio da rua meninas brincavam em algazarra, meninos jogavam sapata na calçada. Debruçadas às janelas, mulheres conversavam aos gritos, atirando as palavras como petecas para as amigas que estavam do outro lado da rua. Ao passar pelo meio das comadres o Desconhecido instintivamente se encolheu, como se temesse ser atingido por aqueles projéteis.

Uma mulher gorda assomou à janela, inclinou-se para fora e gritou: "Vem pra casa, meu filho!". O Desconhecido fez meia-volta, obediente, e caminhou na direção da voz. Entrou num corredor sombrio e parou diante duma porta fechada, na qual bateu timidamente, o coração a pulsar acelerado. Ouviu um rumor pesado de passos e, quando a porta se abriu, vislumbrou uma silhueta de mulher na penumbra da sala.

— Que é que o senhor deseja?

Ficou mudo, fitando o vulto, esforçando-se desesperadamente por compreender, reconhecer, saber... Ela repetiu a pergunta, ele continuou calado. De repente a mulher soltou uma exclamação, atirou-lhe com a folha da porta na cara, precipitou-se para a janela e rompeu a gritar:

— Socorro! Ladrão! Socorro!

O Desconhecido ganhou a calçada em três passadas e desandou a correr por entre as crianças alvoroçadas, enquanto a mulher continuava a clamar: "Acudam! Ladrão! Acudam!". Homens de pijama ou em mangas de camisa surgiram atarantados às janelas e portas de suas casas. O Desconhecido corria pelo meio da rua, perseguido pelos jogadores de sapata. Uma pedra passou zunindo, rente à sua cabeça; outra bateu num poste, ricocheteou e caiu na calçada. Ouvia a algazarra e o tropel dos meninos que o apedrejavam, e sentia que não podia correr por muito tempo, porque o fôlego lhe faltava, e a garganta lhe ardia sufocadoramente. De súbito sentiu na orelha direita uma dor dilacerante, como se ela tivesse sido riscada por um ferro em brasa. Continuou, porém, a correr e só parou duas quadras depois, já noutra rua, quando se certificou de que os demônios não o perseguiam mais. Recostou-se num poste e ali se quedou arquejante, o corpo inteiro lavado de suor. A orelha lhe doía e latejava e dela escorria uma coisa viscosa que lhe descia pelo pescoço e entrava pelo colarinho. Apalpou a ferida com a ponta dos dedos e sentiu-a úmida. Examinou os dedos à luz dum lampião: estavam manchados de sangue. Tirou do bolso o lenço e comprimiu-o longamente contra a orelha e de novo continuou a andar, com a dolorosa certeza de que não poderia bater em nenhuma daquelas portas, de que onde quer que fosse seria tratado como um ladrão, um assassino. "Mas não matei ninguém", balbuciou. "Sou inocente."

Meteu o lenço no bolso e continuou a andar pela rua deserta, olhando de quando em quando para trás, a ver se estava ou não sendo seguido.

Não saberia explicar nem a si mesmo como tinha ido parar dentro daquele café-restaurante. O certo era que ali estava sentado a uma mesa, um tanto surpreendido da própria audácia, olhando em torno com cautelosa curiosidade, e de quando em quando apalpando a ferida da orelha, sobre a qual o sangue se coagulara.

A luz fluorescente que iluminava a sala quadrada e razoavelmente ampla dava às caras dos presentes uma certa lividez arroxeada. Sentado a uma mesa de canto, um homem magro e triste, com barba de dois dias, bebia e fumava, de perna trançada, fitando o copo de cerveja com olho afetuoso. Uma mulata ainda moça, de fartos seios e ancas, duas largas rosas de ruge nas faces, os beiços cobertos duma espessa camada de batom — dum vermelho a que a luz ambiente dava uma tonalidade violácea, vagamente sugestiva de putrefação —, brincava com o seu copo, enquanto do outro lado da mesa seu companheiro, um homem branco, gordo e de cabeça raspada, lhe dizia em voz baixa qualquer coisa em que ela achava muita graça, pois não cessava de rir, mostrando o canino de ouro. Entre ambos fumegava uma travessa com bifes, batatas fritas e ovos.

Noutra mesa três homens, dois pardos e um negro, tomavam sopa em silêncio. A fumaça que subia dos pratos envolvia aquelas máscaras rudes, como que talhadas em pedra. O Desconhecido ficou a olhar interessado a cara do negro que, ao contrário das outras, reluzentes de suor, se conservava enxuta, dum preto parelho e profundo.

Seu olhar dirigiu-se depois para o balcão, por trás do qual, montando guarda à máquina registradora, um homem de pele bronzeada, cabeçorra melenuda e triangular, dominava a sala com o olhar fiscalizador e um tanto hostil. Seus braços musculosos, de veias muito salientes, dum azul que, visto através da pele amarela, se fazia esverdinhado, repousavam sobre o mármore do balcão, em cima do qual se viam dois boiões de vidro com pepinos em conserva. Os olhos do Desconhecido andavam do caboclo para os boiões e ele agora imaginava como ficaria aquela cabeça separada do corpo e posta em conserva dentro dum boião — o rosto dessangrado, os olhos vidrados, a pele já com verdor de pepino.

Sentiu que havia mais gente na parte do salão que ficava às suas costas. Não voltou a cabeça para trás mas ouvia as vozes que vinham daquele setor, ouvia e odiava principalmente uma risada de mulher, viciada, rouca, obscena.

O bebedor solitário tomou um lento gole de cerveja, depois lambeu a espuma que lhe ficara no bigode. O gordo comia e transpirava, com uma larga mancha de suor na camisa. Os beiços da mulata estavam lambuzados de gordura.

Num misto de repugnância e apetite, o Desconhecido aspirava o ar denso daquele ambiente abafado, que recendia a batatas fritas, bifes acebolados, fartum de corpos suados — tudo isso temperado de quando em quando por um bafio rançoso, que vinha do fundo da casa, das latas de lixo onde verduras fermentavam e restos de carne começavam a apodrecer. Mas o que havia de dominante naquela atmosfera era a presença do sebo — o sebo quente que se erguia no vapor dos pratos e panelas e vinha da cozinha na fumaça das frituras; e o sebo frio de outros dias e noites que se entranhara na cara e nas roupas do proprietário e dos garçons, encardindo as paredes, os móveis, o soalho e o teto, onde moscas passeavam.

— O que é que manda?

O Desconhecido levou algum tempo para compreender que era a ele que o garçom se dirigia. Ficou por alguns segundos distraído, a observar o pau de fósforo que o rapaz tinha entre os dentes, e que movia na boca de um lado para outro. Tinha a cara alongada e morena, pintada de espinhas, testa curta, cabelos crespos, olhos sujos de hepático.

— Como é o negócio? — insistiu ele, gaiato.

— Água — murmurou o homem de gris.

— Mas que água? Mineral?

— Mineral.

— Uma mineral pro mocinho! — gritou o garçom com desprezo.
E fez o pau de fósforo virar uma cambalhota entre os beiços.

O homem gordo voltou para o Desconhecido a face nédia e alegre e disse em voz alta:

— Água faz criar sapo na barriga, moço!

Em várias mesas romperam gargalhadas e por alguns instantes o Desconhecido sentiu-se foco de muitas atenções, o que lhe aumentou a sensação de calor e abafamento. Por que não abriam uma janela? Passou o indicador entre o pescoço e o colarinho, tirou maquinalmente o lenço do bolso mas, vendo-o manchado de sangue, guardou-o depressa e ficou a olhar aflito dum lado para outro, no temor de que alguém tivesse visto as nódoas suspeitas.

O garçom pôs sobre a mesa garrafa e copo.

— É só?

O outro sacudiu a cabeça afirmativamente.

— Não quer também um palito?

O homem de gris não respondeu. Encheu o copo e bebeu o conteúdo num sorvo só. Tornou a enchê-lo e a beber com a mesma sofreguidão. Esvaziou a garrafa e de novo levou o copo à boca. Por fim estalou os lábios e soltou um suspiro de alívio. E como o homem do balcão o mirasse com seu olhar oblíquo, começou a assobiar e a tamborilar com os dedos na mesa, para disfarçar seu embaraço.

Agora tinha fome. Ficou a olhar longamente, com uma inveja pueril, para as garfadas de bife e batatas que o homem gordo levava à boca. Quando voltou os olhos para a outra mesa, o negro arrancava a pelanca duma costela com seus dentes alvos, as faces pintalgadas de farinha, a expressão feliz.

Ouviu a voz do garçom, que gritava na direção da cozinha.

— Salta um salsichão assado com farofa e salada de batata!

E depois, num tom mais baixo:

— Capricha, que é pro nanico!

Foi nesse momento que o Desconhecido sentiu que alguém o observava com insistência. Numa mesa próxima achava-se uma estranha criatura, que à primeira vista lhe pareceu mais um bicho do que um ser humano. Era um corcunda. Não estava propriamente sentado na cadeira, mas empoleirado, e olhava alternadamente para ele e para o papel que tinha sobre a mesa e no qual escrevia alguma coisa. É da polícia — concluiu o Desconhecido. E seu coração rompeu a bater descompassado. Como teria aquele corcunda entrado no café sem que ele o visse? Talvez estivesse ali desde o princípio... O Desconhecido olhou para a porta e pensou em fugir. Mas estava cansado e era curioso! — a figura do homúnculo o seduzia de tal forma que já não podia desviar os olhos dela. Pareceu que o anão lhe sorria, piscando o olho. Não havia dúvida: o homenzinho fazia-lhe sinais amistosos.

O corcunda saltou da cadeira, com o papel na mão, e aproximou-se. Como tivesse os braços desproporcionalmente longos e caminhasse gingando, um pouco ladeado, parecia um chimpanzé.

— Não me apresento — disse ele ao Desconhecido — porque todo o mundo me conhece. Não pergunto como você se chama porque é tempo perdido: nesta zona da cidade, ninguém nunca diz seu verdadeiro nome. Portanto, a apresentação está feita.

Empoleirou-se na cadeira, à frente do homem de gris.

— Sou um artista, compreende? Faz um tempão que estou observando você, estudando os seus traços, tentando desenhar seu retrato.

Tinha uma voz metálica de araponga.

— Sua cara é um verdadeiro compêndio! — exclamou, erguendo as mãos. Depois, inclinando-se para a frente, ciciou: — Eu podia ganhar uma verdadeira fortuna pintando retratos amáveis e falsos de damas e cavalheiros da alta sociedade. Mas já lhe disse que sou um artista. Detesto retratar gente feliz. Só me interessam os que sofrem, os que têm um problema, os que vivem acuados... Está me ouvindo? Acuados!

Repetiu a última palavra olhando intensamente para o rosto do Desconhecido, que o escutava pasmado.

— Seus olhos me intrigaram. De longe eu não podia ver direito, por isso não completei o retrato. Espere, me olhe bem de frente. Assim...

Tirou o chapéu, jogou-o para cima duma cadeira vazia, pôs para fora metade duma língua longa, dum róseo sujo e áspero, umedeceu nela a ponta do lápis e começou a desenhar.

O Desconhecido agora podia ver bem aquela cara que até então estivera protegida pela sombra do chapéu desabado. Teve uma surpresa ante o louro vivo da cabeleira ondulada, sobre a qual corria uma inesperada mecha da alvura e da consistência do algodão. O rosto, desmesuradamente largo à altura das têmporas, era cavo nas faces e, da ponta das orelhas pequenas e muito coladas ao crânio, seus contornos desciam retos como os lados dum triângulo, para se encontrarem no vértice do queixo. A pele, de poros muito abertos, tinha esse branco seroso do queijo. O nariz era largo e recurvo, a boca rasgada e de lábios grossos, como que intumescidos. E sob as espessas sobrancelhas, onde o louro se degradava em palha, brilhavam olhinhos miúdos e maliciosos, muito próximos um do outro.

O Desconhecido não se podia livrar da impressão de que estava diante dum bicho, e essa ideia era agravada pela roupa da criatura, feita dum linho grosseiro, cor de pelo de ratão.

— Pronto! — exclamou o corcunda. E mostrou o desenho, para o qual o homem de gris baixou um olhar indiferente.

— Talvez você não se reconheça nesse retrato...

Interrompeu-se para gritar ao garçom:

— Olhe o meu salsichão! Espere. Peça dose dupla e traga dois pratos e dois talheres, que o amigo aqui também vai comer.

Depois em tom confidencial, prosseguiu:

— O que me interessa é o drama que cada pessoa traz dentro de si e não aparece no exterior, mas que em certos casos, como o seu, se reflete nos olhos. Seu olhar me contou quase tudo. Mas não se impressione: sei guardar segredos.

O Desconhecido mirava-o, perplexo. O anão esfregou as mãos uma na outra, em alegre antecipação.

— Aqui se come o melhor salsichão da cidade — disse. — Gosto destes cafés da beira do cais. São autênticos. Neles sempre acontece alguma coisa. É só a gente ter paciência e esperar...

Olhou para o teto.

— Quase briguei com o proprietário quando ele mandou botar essa besteira de luz fluorescente. Prejudicou a atmosfera. Ainda bem que o rádio está estragado, senão teríamos um pandemônio.

O Desconhecido examinava o retrato mas não se reconhecia nele. O corcunda passou pelo rosto um lenço amarrotado, do qual se emanava um cheiro azedo.

— Uma obra-prima, acredite.

Agitou o lenço e um pingo de suor caiu sobre o desenho.

— Vale bem cinquentão, hem?

O Desconhecido sacudiu a cabeça afirmativamente, sem coragem de contrariar o outro.

— Pois então passe o dinheiro. E fique certo de que está fazendo um grande negócio. Um dia meus trabalhos valerão uma fortuna. Sim senhor, uma fortuna! Vamos ao dinheiro. E acredite que esta é a sua noite de sorte. Você acaba de encontrar o companheiro que lhe convém.

O Desconhecido tirou a carteira do bolso e jogou-a em cima da mesa. Teve vontade de gritar: "Tome. Não é minha. Foi roubada. Decerto matei alguém. Chame um guarda". Permaneceu, entretanto, calado, de lábios apertados.

O corcunda primeiro apalpou a carteira com suas manoplas peludas, depois abriu-a, passou o polegar cariciosamente sobre a borda das notas e soltou um assobio:

— Uns cinco mil, não? Não é de admirar, estamos no princípio do mês.

Puxou uma nota com as pontas dos dedos e estendeu-a diante dos olhos do outro:

— Veja bem, cinquenta. Sou um homem escrupuloso. Guarde o seu dinheiro. O desenho é seu. Vamos, bote a carteira no bolso, que este lugar não é lá muito seguro...

O homem de gris obedeceu.

O garçom trouxe os pratos, os talheres, o pão e pouco depois uma travessa com salsichões e uma generosa porção de farofa e salada de batatas. O corcunda estalou os beiços, esfregou as mãos, empunhou os talheres e com o garfo espetou o salsichão mais gordo e tostado.

— Vamos, coma!

O Desconhecido segurou os talheres. O anão comia com entusiasmo, mastigando ruidosamente, salpicando de farofa os beiços, o queixo, as faces. Falava com a boca cheia:

— E o que mais gosto neste café é o nome: "Girassol dos Oceanos". Não tem nexo, não é mesmo? É absurdo. Pois é justamente nisso que está o seu encanto. Que seria da vida sem o absurdo?

O salsichão deixava-lhe a voz gorda e gutural. O Desconhecido comia com gosto, de cabeça baixa.

Um grupo entrou no salão em algazarra: embarcadiços acompanhados de mulheres do beco próximo.

O corcunda fez um sinal com a cabeça na direção dos recém-chegados.

— Marinheiros e prostitutas. É a minha gente. Todo o mundo aqui me conhece. No fundo talvez me odeiem, mas me tratam muito bem porque têm medo de mim. Uma dessas cadelinhas de vez em quando passa a mão na minha corcunda "pra dar sorte". Como se fosse possível para elas ter sorte. Estão podres, estão perdidas. Garçom, duas cervejas! Detesto a virgindade, o pudor me dá náuseas, os chamados homens de caráter me matam de tédio. Sou um sujeito sincero, coisa que muito poucos podem dizer de si mesmos. Garçom, duas cervejas geladas e dois copos!

O homem gordo pagou a conta, ergueu-se, com um risco de gema de ovo na face, pegou a mulata pelo braço e encaminhou-se com ela para a porta.

— Boa noite, nanico! — gritou.

O anão fez-lhe um sinal amistoso e sorriu:

— Está vendo? É a minha gente. E há outros lugares que havemos de conhecer juntos, você e eu. A noite mal começou. — Tirou o relógio do bolso. — Nove e vinte e cinco. Pois fique sabendo que encontrou o companheiro ideal.

O garçom trouxe a cerveja e por alguns segundos os dois ficaram a beber em silêncio. Pouco depois entrou no café uma rapariga franzina, o rosto de expressão quase infantil todo coberto por uma camada de pó de arroz que o desfigurava. Parou a três passos da porta e olhou em torno, como que à procura de alguém. O corcunda piscou o olho.

— Está vendo aquela ali? Tem quinze anos. Faz três meses que caiu na vida. Foi deflorada por um cobrador de ônibus. O pai expulsou-a de casa. Hoje é mulher de beira de cais. — Voltou a cabeça para ela e avaliou-a com olho lúbrico. — Não é má, hem?

O Desconhecido olhou também. A rapariga lhe sorriu. O corcunda sussurrou:

— Se quer dormir com ela, diga logo, que eu chamo a cadelinha pra nossa mesa. Com qualquer nota de vinte ou com um bife a cavalo e uma cerveja, se arranja o negócio. Aproveite enquanto é tempo, porque daqui a três meses ela estará velha e completamente deteriorada.

O Desconhecido olhava para a prostituta com olhos neutros.

— Mas está claro que existem artigos melhores, papas mais finas — prosseguiu o homúnculo —, e você tem com que pagar. Já lhe disse que a noite mal e mal começou. Ah! Daqui a pouco você vai conhecer um amigo meu, um sujeito fabuloso.

Calou-se para mastigar uma rodela de cebola e depois continuou, animado:

— Você precisa conhecer esse amigo! Como ele Deus só fez um e depois quebrou a forma. Conhece todo o mundo: ricos, pobres, remediados, brancos, pretos, todos! Olhe, é um sujeito tão insinuante, tão cheio de lábia e manhas, que nunca vi ninguém dizer *não* para ele. Palavra!

A rapariguita fez meia-volta e saiu do café. O Desconhecido baixou os olhos para o prato e continuou a comer.

— Um homem extraordinário! Muito relacionado nas altas rodas — prosseguiu o corcunda. Inclinou-se para a frente e, num hálito de cebola, segredou: — Tem a maioria desses burgueses presos pelo rabo. Conhece os podres de todos eles e é por isso que os figurões não lhe negam nada. No entanto é um homem honesto, não se gaba do que faz. Se quisesse ser deputado, era só dizer que estava eleito. Você vai ver. Daqui a pouquinho ele aparece...

A risada obscena tornou a encher a sala. O homem da cabeça triangular continuava imóvel atrás do balcão. Os embarcadiços e suas fêmeas faziam grande balbúrdia.

O corcunda soltou um arroto e empurrou o prato vazio para o centro da mesa. O Desconhecido cruzou os talheres. Sentia-se reconfortado e a cerveja lhe dava uma certa exaltação: era como se ele não estivesse bem sentado na cadeira, mas um pouco no ar. A presença do outro perturbava-o e ao mesmo tempo o divertia. Detestava aquele monstrengo, mas não podia desviar o olhar da cara dele. Não sabia ainda o que pensar de tudo aquilo. Talvez o homem fosse da polícia e estivesse preparando o terreno para arrancar-lhe uma confissão. Talvez...

Eram exatamente nove e quarenta e cinco, segundo o relógio do corcunda, quando o amigo entrou no café.

Homem de idade indefinida, alto e esguio, trazia ele, numa elegância exagerada de ator, uma roupa de sarja azul-marinho, muito bem cortada, camisa branca, gravata grená, chapéu de feltro negro e sapatos de duas cores. Na botoeira do jaquetão chamejava um cravo vermelho, e do bolso superior sobressaíam, empinadas, as pontas dum lenço da mesma cor da gravata. O recém-chegado tirou o chapéu com muito cuidado, para não desfazer o penteado. Seus cabelos, um tanto ralos, estavam repartidos ao meio e lustrosos de brilhantina.

O corcunda não escondia seu contentamento.

— Até que enfim chegou o meu príncipe — exclamou. E, apontando para o homem de gris, disse: — Mestre, apresento-lhe um amigo.

O homem do cravo vermelho descerrou os lábios num sorriso urbano, deixando à mostra os dentes um pouco salientes, amarelados e pontudos, com algo de desagradavelmente canino, impressão esta que suas orelhas grandes e um pouco caídas acentuavam. O rosto, porém, apresentava traços regulares e de certa distinção: a testa era ampla, o nariz afilado e longo, as sobrancelhas arqueadas; um fino bigode muito bem aparado debruava-lhe o lábio superior.

Depois que o recém-chegado se sentou, pronunciando com voz macia e mundana frases convencionais, o Desconhecido pôde ver-lhe melhor os olhos. Eram grandes e vítreos, dum verde pintalgado de pardo e ouro, lembrando essas bolitas de ágata com que os meninos brincam. Eram olhos penetrantes, frios e incomodamente escrutadores.

O Desconhecido sentia a camisa úmida colada ao torso, e admirava-se de ver aquele homem metido num trajo de fazenda grossa e no entanto com o rosto completamente seco.

O corcunda puxou o amigo pela manga do casaco, fê-lo inclinar a cabeça e segredou-lhe algo ao ouvido. O cavalheiro da flor lançou para o Desconhecido um olhar cheio de interesse.

— De onde vem o amigo? — indagou.

A boca entreaberta, o outro contemplava-o sem responder. O homem do cravo sorriu.

— Está bem. Se não quiser dizer, não diga. Aquele que guarda sua boca, guarda seu coração.

— Isso é da Bíblia — explicou o anão. — O meu amigo conhece as Escrituras de cabo a rabo. Parece mentira, mas ele passou vários anos num seminário e só não se ordenou porque... Conto?

O homem esguio encolheu os ombros para exprimir sua indiferença ante aquele pormenor. O corcunda continuou:

— Não se ordenou porque foi expulso. Uma verdadeira injustiça. Quem perdeu no fim das contas foi a Igreja, porque ele hoje podia ser um sacerdote de primeira ordem.

O Desconhecido olhava fixamente para o homem de gravata grená, enquanto apalpava com a ponta dos dedos a ferida da orelha. Agora era de novo menino e estava acocorado no meio da rua a jogar gude com os olhos do outro.

O corcunda deu-lhe uma palmadinha na mão.

— Você tem o dinheiro e nós temos a experiência: vamos fazer uma grande farra. Conhecemos todas as bibocas da cidade. Somos os donos da noite. Gosta de loura ou prefere morena? O meu amigo aqui é muito relacionado, pode lhe arranjar a mulher que você quiser. É só dizer...

O homem do cravo sorriu.

— Ora, nanico, o cavalheiro pode ter uma ideia errônea da minha pessoa. Essa não é propriamente a minha profissão...

— Claro! — exclamou o anão. — Claro. Mas vamos ao que interessa. Loura ou morena? Ou não gosta de mulher? Nada de cerimônias. Se gosta de homem diga logo com franqueza, que o mestre dá um jeito nisso.

O homem de gris fitava a mesa, onde os olhos de ágata rolavam por entre os pratos, garrafas e copos.

De novo o corcunda e o amigo ficaram com as cabeças muito juntas, ciciando segredos e olhando sempre para o Desconhecido. Homens e mulheres entravam e saíam. Andava no ar um nevoeiro azulado feito da fumaça que se escapava da cozinha e da que subia dos cigarros. De quando em quando um bafio de cachaça parecia cortar a bruma como uma lâmina. Por trás do balcão o caboclo melenudo continuava a fiscalizar a sala e os garçons, movimentando a espaços a máquina registradora, que tilintava. A zoada das vozes aumentava.

O homem do cravo levou as pontas dos dedos à boca, para esconder um bocejo. O corcunda explicou:

— O mestre acaba de acordar. Às vezes ele troca o dia pela noite.

O Desconhecido notava que o olhar do homem magro não lhe dava trégua, e isso lhe causava um tão grande mal-estar que ele não achava posição cômoda na cadeira. Remexia-se, procurava olhar para os lados, mas era inútil: tinha de encarar o outro. Por fim, como último recurso, arrancou os olhos de ágata de suas órbitas e distraiu-se a brincar com eles.

De repente o mestre falou, macio:

— Pelo que vejo, o amigo não deseja mesmo revelar a sua identidade...

Não soube que responder.

O corcunda soergueu o corpo e disse vivamente:

— Mais tarde ou mais cedo o meu príncipe descobre tudo. Tem um olho fenomenal.

O homem esguio apertou o nó da gravata e o Desconhecido viu como eram longas, bem modeladas as suas mãos, ágeis os seus dedos e bem cuidadas as suas unhas. Um dos embarcadiços soltou uma gargalhada e o mestre franziu a testa, visivelmente contrariado.

34

— Façamos um trabalhinho de detetive — disse. — Mas não se inquiete, não sou investigador, embora tenha muito boas relações na Central de Polícia...

— Às vezes — interrompeu-o o corcunda —, quando algum ladrão ou assassino não quer confessar o crime, eles recorrem às artimanhas do meu amigo.

— Nanico! Não seja indiscreto. Essas coisas não podem ser divulgadas. Minhas intervenções na R.C.P. não têm nenhum caráter oficial. Mas... vamos ao nosso trabalhinho de dedução.

Contemplou longamente a face do Desconhecido.

— Idade? Entre vinte e oito e trinta... Talvez trinta.

O outro abriu a boca, moveu os lábios, como se fosse falar. O homem do cravo deteve-o com um gesto. Encostou o indicador na aliança que o Desconhecido trazia no anular da mão esquerda:

— Casado. A roupa está amassada, empapada de suor, mas é de boa qualidade e foi feita sob medida.

Ergueu-se um pouco, inclinou o busto sobre a mesa, agarrou a lapela do casaco do outro e procurou ler o que estava escrito na etiqueta de seda costurada ao bolso interno.

— Ah! Bem como eu pensava: um dos melhores alfaiates da cidade.

O corcunda coçou a cabeça freneticamente e exclamou:

— Ele não é mesmo um gênio?

O Desconhecido não desviava o olhar das bolitas de ágata.

— Profissão? Aí é que está o busílis! Médico? Talvez. Advogado? Não. Engenheiro? Pouco provável. Inclino-me a dizer que o amigo é, antes, um alto funcionário de banco... ou agente de seguros de vida. Mas... Quem sabe é comerciário? É uma hipótese aceitável...

O corcunda, que desde havia alguns instantes estava a empinar copinhos de cachaça, mostrou-se impaciente. Olhou para o homem de gris e exclamou:

— Vamos! Confirme ou negue. Não fique aí com essa cara de pateta.

— Nanico! Isso não é maneira de tratar um conviva!

— Bolas! A gente perde a paciência. Para que tanto mistério? Não somos amigos? Não vamos sair juntos esta noite?

O homem da flor segurou o pulso do Desconhecido e puxou-o para perto dos olhos, murmurando:

— Um relógio, um belo relógio de ouro, da melhor marca...

Os lábios do homem de gris tiveram um leve tremor.

— Vidro esmagado, mostrador partido, ponteiros parados... às seis e... quarenta e sete! — O mestre apertou o pulso do outro e perguntou com blandícia: — Pode me dizer exatamente que foi que aconteceu às seis e quarenta e sete?

Repetiu a pergunta uma, duas, três vezes, sem alterar a voz. O Desconhecido sacudia a cabeça negativamente.

— Não sabe? — interveio o corcunda.

— Não me lembro.

O anão atirou os braços para o ar.

— Ora! Um truque muito conhecido! *Não me lembro...* Mestre, ele pensa que nascemos ontem.

Agarrou o pulso que o Desconhecido tinha livre e disse:

— Logo que você entrou neste café seus olhos me contaram o que aconteceu às seis e quarenta e sete.

O homem de gris sacudia a cabeça dum lado para outro, num ritmo de pêndulo, dizendo que não, que não, que não... Depois baixou o olhar para o retrato, que continuava sobre a mesa, todo respingado de farofa e sebo, e procurou descobrir nos olhos da figura a revelação de que o corcunda falava.

— Você está fugindo de alguém ou de alguma coisa...

— Não me lembro.

O Desconhecido sentia-se como que algemado. O primeiro a largar-lhe o pulso foi o homem do cravo, que sorriu, acariciou o bigode, trançou as mãos e pousou-as sobre a mesa, dizendo com voz casual:

— Pois essa sua atitude obstinada é um erro. Nós poderíamos ajudá-lo, o nanico e eu. Você não é o primeiro que nos procura numa hora de aperto. Nem será o último. Temos posto muita gente para o outro lado da fronteira, hem, nanico? Mas o que podemos fazer se o cidadão continua a dizer que não se lembra?

Num gesto brusco, o Desconhecido libertou o pulso que o anão retinha, fincou os cotovelos sobre a mesa e cobriu o rosto com ambas as mãos. Estava irremediavelmente dominado por aqueles dois homens e não via jeito de livrar-se deles. Talvez o melhor fosse confessar tudo. Mas confessar... quê, se ele mesmo não sabia de nada? Carregava consigo alguns objetos que não lhe pertenciam, mas por mais que se esforçasse — e a vertigem não o deixava pensar claro — não conseguia saber como tinham vindo parar em seus bolsos.

Sentia contra os dedos o pulsar do sangue nas fontes, e agora a cabeça começava a doer-lhe de novo duma dor surda, lenta e latejante.

O homem da flor deu-lhe duas palmadinhas cordiais no braço.

— Não se preocupe. Fique conosco e tudo acabará bem.

— Mas não se esqueça — ameaçou o corcunda — que nós conhecemos o seu segredo. Não adianta fugir. Você agora é nosso.

Estas palavras ficaram ecoando na mente do Desconhecido. *Você agora é nosso, é nosso, é nosso, é nosso.*

De novo o mestre perguntou, suave:

— Que foi que aconteceu hoje às seis e quarenta e sete?

— Não me lembro.

O amigo do anão deixou escapar um suspiro de mal contida impaciência, ergueu-se, compondo o nó da gravata.

— Com licença — murmurou —, vou estabelecer uns contatos.

Saiu, muito teso, por entre as mesas, aproximou-se do telefone, a um canto do salão, ergueu o fone e começou a discar.

O Desconhecido sentiu uma dor aguda na canela. O corcunda tinha-lhe dado um pontapé.

— Animal! — murmurou o nanico, de dentes cerrados. — Um dos homens mais importantes da cidade interessa-se por sua sorte, quer ajudá-lo e no entanto você se porta com ele como o maior, o mais desprezível dos ingratos.

O Desconhecido sacudia sempre a cabeça dolorida. O animal estava agora tão perto, que ele chegava a sentir-lhe o bodum.

— Você é o sujeito mais estúpido que tenho encontrado em toda a minha vida.

— Mas não me lembro!

— Outros já usaram antes esse truque de perder a memória. Não pega mais.

O homem de gris sentia a canela arder-lhe e procurava com a ponta dos dedos o lugar que o bico do sapato do outro esfolara. Como o corcunda estivesse a sorrir, de dentes arreganhados — aqueles dentinhos pontudos, limosos, odientos —, teve gana de saltar sobre ele, atirá-lo ao chão e esmagá-lo com o pé como se esmaga uma aranha, uma lacraia. O esforço que fez para conter-se foi tamanho que o deixou todo trêmulo.

O mestre voltou e tornou a sentar-se.

— Teremos uma grande noite — prometeu. — É pena que o nosso convidado não deposite a menor confiança em nós.

— É um crápula — disse o corcunda com nojo, cuspindo no chão.

O Desconhecido mantinha os lábios apertados, como se temesse deixar sair alguma palavra comprometedora.

— Dê-nos então algum indício. Diga, por exemplo, como se chama, onde mora... Hem?

O homem de gris continuava calado e tenso, e pela primeira vez desde que se vira extraviado na cidade e na noite, regozijava-se com sua incapacidade de pensar, de lembrar-se.

— Peça a carteira dele, mestre — aconselhou o corcunda. — Deve ter algum endereço, algum papel, cartão de visita, carta...

— Brilhante sugestão, nanico! Cavalheiro, queira entregar-me a sua carteira.

O Desconhecido hesitou por um instante, mas acabou obedecendo.

Estava perdido. Iam descobrir que o dinheiro não lhe pertencia.

Com seus dedos longos e destros o homem da flor tirou da carteira um maço de notas, contou-as cuidadosamente e depois deixou-as de lado, com uma garrafa em cima. Passou a examinar os três escaninhos da carteira. Dentro de um deles achou um décimo de bilhete de loteria, um selo de correio e duas entradas de teatro para o espetáculo daquela noite. Os outros dois compartimentos estavam vazios. O mestre franziu os lábios, pessimista, lançou um olhar furtivo para o Desconhecido e repôs todo o dinheiro e as outras coisas na carteira mas, antes de entregá-la de volta ao outro, tornou a examiná-la externamente. Era de couro de crocodilo e não tinha nenhum nome ou monograma.

— Ficamos na mesma — murmurou. Fez um gesto resignado e acrescentou, benevolente: — Mas que importa? Somos amigos e a noite mal começou. Nanico, creio que já é hora de irmos embora.

Foi nesse momento que impensadamente o Desconhecido tirou do bolso o lenço e, num gesto largo e frenético, passou-o pela cara suada.

— Ah! — exclamou o corcunda. Arrebatou o lenço do outro e estendeu-o sobre a mesa. — Aqui está a explicação de tudo, mestre!

Olhou triunfante para o Desconhecido. O homem do cravo pôs-se a examinar o lenço com frio interesse, murmurando:

— Talvez agora o cavalheiro nos queira contar com toda a franqueza o que se passou às seis e quarenta e sete.

O Desconhecido estava lívido.

— Não me lembro — balbuciou.

O corcunda apertou-lhe o braço:

— Vamos, crápula, confesse!

38

— Não me lembro.

O mestre interveio:

— Calma, rapazes! Nanico, já lhe disse que isso não são modos para um anfitrião.

Fez o amigo largar o braço do outro, dobrou o lenço com cuidado e guardou-o no bolso. E com sua voz mole, um nadinha penugenta, falou com ar pedante:

— Eis que um homem moço, bem-apessoado e bem vestido é encontrado sozinho num café suspeito da zona do cais, o olhar desvairado de quem está sendo perseguido. Dois cavalheiros de boa vontade sentam-se à sua mesa, oferecem-lhe sua amizade, querem ajudá-lo no transe difícil e eis que a misteriosa personagem se nega a revelar a sua identidade, alegando que não se lembra de nada. No bolso, tem uma carteira recheada... e ninguém normalmente carrega consigo tanto dinheiro.

O Desconhecido passou pelas faces a manga do casaco. De novo teve nas mãos os olhos de ágata. Agora não brincava com eles: esmagava-os, sentindo-os visguentos nas pontas dos dedos.

— No seu pulso — continuou o magro — traz um fino relógio: o vidro e o mostrador estão partidos, os ponteiros parados revelam a hora em que algo de violento aconteceu: seis e quarenta e sete. O Desconhecido continua a afirmar que não se lembra de nada, que não sabe quem é nem onde mora. *Bien!* Eis que de súbito, num gesto distraído, tira do bolso um lenço manchado de sangue... Que podemos deduzir de tudo isso?

O Desconhecido entesou o busto, como se fosse erguer-se.

— Não matei ninguém! — gritou.

— Meu caro senhor, eu não o estou acusando formalmente de nada, apenas enumero indícios e procuro chegar a uma conclusão.

O corcunda agitava-se na cadeira, impaciente. Apanhou com as pontas dos dedos de unhas sujas o restinho de salsichão que ficara no prato e levou-o à boca. Depois, num gesto furioso, agarrou o retrato que desenhara e rasgou-o em quatro pedaços, dizendo:

— Quem não é por nós é contra nós.

O homem do cravo vermelho encolheu os ombros.

— Temos muito tempo pela frente. Podemos esperar os jornais da madrugada. Talvez noticiem o crime.

Apressou-se a acrescentar, sorridente:

— Se crime houve... *Voilà!*

Foi nesse instante que o Desconhecido voltou a cabeça e a atenção para o homem que estava sentado sozinho a uma das mesas próximas, e cuja presença ele até então só sentira dum modo nebuloso, através duma imprecisa mancha esbranquiçada. Trazia o solitário, camisa, calças e alpargatas brancas. Tinha uma cabeça de monge: o rosto oblongo, a pele dum tom mate, parelho e enxuto, o cabelo cortado muito rente ao crânio, com uma franja que, a um tempo patética e grotesca, lhe encurtava a testa. A barba à nazarena, dum castanho profundo e fosco, dava-lhe o ar dum profeta antigo, em contraste com a camisa esportiva aberta ao peito e de mangas arregaçadas acima dos cotovelos.

O Desconhecido examinava-o com um interesse fascinado e o que ele sentia, dum modo nebuloso, poderia traduzir-se assim: a presença daquela estranha figura na atmosfera viciada e sufocante do café era um refrigério, uma golfada de vento das montanhas, dos espaços abertos, do mar: um límpido cubo de gelo caído por milagre naquele caldeirão de água quente.

Por trás da criatura, num plano recuado, o homem de gris via as caras repulsivas das prostitutas e de seus machos, que pareciam todos já meio embriagados e não cessavam de soltar gargalhadas e palavrões. Lá estava a porta fuliginosa da cozinha, o balcão com os boiões de pepino... E, como num pesadelo, o Desconhecido via agora a cabeça decepada do proprietário flutuando no ar. Sim! Todos ali no café estavam mortos e postos em conserva, boiavam na atmosfera ácida, amolecendo, apodrecendo, numa dissolução irremediável. Todos, menos o homem de branco.

Nesse momento seu olhar encontrou o do "monge" e ele se sentiu tomado por uma inexplicável sensação de bem-estar e paz — a certeza de que finalmente encontrava um amigo, alguém capaz de livrá-lo do magro e do corcunda. Os olhos do homem de branco eram escuros e profundos, tocados duma doçura um pouco triste. O Desconhecido mergulhou neles como num lago fresco, voltou à tona e ficou boiando abandonado naquela superfície plácida. Agora não estava mais sozinho nem perdido nem morto.

O corcunda desferiu-lhe uma palmada nas costas e ele despertou do devaneio.

O mestre fez um sinal na direção do monge:

— Já sei. Ficou impressionado por aquele tipo. Todos os que o veem pela primeira vez ficam... Mas não se iluda com as aparências.

Trata-se apenas dum vagabundo, dum pobre-diabo. Não faz nada e ninguém sabe do que vive. Anda por aí com sua gaitinha, sempre cercado de bichos. É o padroeiro dos vira-latas da cidade.

Um gato fulvo saiu detrás do balcão e, esgueirando-se por entre as mesas, cadeiras e pernas, aproximou-se do homem de branco, saltou-lhe para cima dos joelhos e aninhou-se-lhe no colo. O homem do cravo vermelho observava a cena, cofiando o bigode, a dentuça arreganhada.

— Isso — murmurou — confirma a minha velha teoria de que os animais sentem uma atração pelas crianças e pelos idiotas.

De olhos baixos, o homem de branco sorria e acariciava a cabeça do bichano. O mestre sussurrou:

— É o gato mais arisco do mundo. Não vai com nenhum freguês do café a não ser com esse cretino. Quando ele chega, o animal parece que adivinha. Sai da cozinha e vem direito para o colo dele.

— E foge de mim como o diabo da cruz — rosnou o anão.

— Pudera! O bichano não esquece aquele pontapé...

O corcunda sacudiu a corcova:

— Cada qual tem a sua maneira peculiar de fazer agrados...

Houve um princípio de briga na mesa dos embarcadiços. Dois homens ergueram-se intempestivamente, trocando insultos, derrubando cadeiras, copos e garrafas. Estavam prestes a engalfinhar-se quando o proprietário interveio e os separou.

Excitado, o corcunda remexia-se na cadeira, dava palmadas ora na mesa ora nas costas do Desconhecido.

— Eu não disse? Sempre acontece alguma coisa nestes cafés da beira do cais. E a briga não fica só nisso. Parece que se acalmaram, mas qual! Vão continuar a beber e daqui a pouco a coisa estoura de novo. E o melhor é que nunca sai tiro, é quase sempre a navalha, o que torna a história toda muito mais interessante...

A prostituta de quinze anos tornou a entrar no café abraçada com um homem grisalho e triste, e ambos passaram numa aura de pó de arroz barato. O garçom gritou para a cozinha:

— Salta um bife a cavalo com bastante cebola.

O Desconhecido viu o homem de branco tirar do bolso um objeto metálico e levá-lo aos lábios, como para o beijar. Seus olhos se entrecerraram e os sons duma gaitinha ergueram-se no ar, primeiro tímidos e indistintos, abafados pelo vozerio geral. Aos poucos, porém, as pessoas foram silenciando e as notas duma valsa começaram como que a alcalinizar o ambiente. A musiquinha parecia contar uma história.

Era doce e nostálgica, tristonha mas cheia de claras promessas, a um tempo pueril e grave — valsa de serenata para a primeira namorada, valsa de circo de cavalinhos quando nosso coração palpita de amor pela moça do trapézio, valsa dos realejos e carrosséis da infância, valsa de bailes para sempre perdidos...

O Desconhecido franziu a testa, num esforço para identificar a melodia. Por um instante sentiu que naquela música lhe falavam vozes familiares, estava a explicação de tudo: pareceu-lhe que a valsinha poderia livrá-lo dos abismos vazios, levá-lo de volta para casa, libertá-lo da noite e seus medonhos habitantes.

Lágrimas começaram a escorrer-lhe pelas faces. O corcunda gozava a sua expressão de dor. O rictus canino voltara à máscara do homem do cravo. As feições do proprietário estavam menos duras, mais humanas. No colo do homem de branco, o gato parecia escutar e recordar, os olhos semicerrados, a expressão sonolenta e feliz. A prostituta de quinze anos contemplava encantada o vagabundo, os olhos arregalados, como uma menininha diante duma vitrina de brinquedos. A seu lado o homem grisalho olhava pensativamente para o chão.

Quando a valsa terminou, houve um instante de silêncio ao cabo do qual as conversas de novo romperam, animadas, e todos pareceram esquecer instantaneamente a presença do amigo dos bichos.

O mestre ergueu-se, chamou o garçom, pagou a despesa e disse ao corcunda: "*Allons!*". Aproximou-se depois dum espelho, a um canto do salão, e ali se plantou por algum tempo a ajeitar o chapéu na cabeça, a apertar o nó da gravata e a alisar os cabelos sobre as têmporas.

O corcunda segurou com força o braço do homem de gris e rosnou:

— Vamos.

O Desconhecido lançou um olhar súplice para o monge, que lhe sorriu, com um quase imperceptível sacudir de cabeça.

— Será uma noite inesquecível... — murmurou o corcunda, caminhando ao lado do seu prisioneiro.

O homem do cravo esperava-os à porta, junto da qual o Desconhecido parou, voltando a cabeça para trás. O monge tornou a fazer-lhe um aceno.

Saíram os três a andar por uma rua larga, deserta e pobremente iluminada. Lá do outro lado enfileiravam-se os armazéns do cais, com seus números pintados nos frontões em grandes algarismos negros; por trás deles, acima de suas cobertas de zinco, erguiam-se mastros em cujas pontas brilhavam luzes. O calor continuava e o céu agora parecia mais baixo e carregado. O homem do cravo caminhava em silêncio, o corcunda cantarolava uma música qualquer e de vez em quando fazia um passinho de dança, mas sempre de cabeça baixa, como que entretido a namorar a própria sombra.

Andaram assim umas três quadras, quando de repente o mestre ordenou que dobrassem à direita. O Desconhecido voltou-se para trás e avistou um vulto branco que os seguia de longe.

Entraram num beco sombrio mas animado. Nas janelas de suas casas debruçavam-se mulheres que sussurravam ou gritavam para os passantes: "Vem, negro!" — "Entra, meu bem, que eu quero te dizer uma coisa!" — "Olha aqui, beleza!". Uns paravam, trocavam algumas palavras com as mulheres e depois entravam. Outros passavam de largo.

O corcunda esfregou as mãos.

— A minha gente! — exclamou. — O meu eleitorado!

Ladeado pelos companheiros, o Desconhecido caminhava lentamente, atento a tudo quanto se passava a seu redor. As mulheres tinham as caras muito pintadas e algumas eram duma palidez cadavérica. De dentro de seus quartos, alumiados por lâmpadas veladas, vinha um cheiro de fogareiro de espírito de vinho misturado com a fragrância de pó de arroz e dentifrício.

Um marinheiro embriagado achava-se sentado no meio-fio da calçada, a cabeça caída, a baba a escorrer-lhe da boca, os sapatos metidos na água negra e estagnada da sarjeta. Ao redor dele voejavam mosquitos.

O corcunda estava desinquieto, dizia coisinhas picantes ou brutais para as mulheres, fazia-lhes gestos obscenos e num dado momento parou diante da janela duma loura oxigenada e começou a executar uma dança erótica. O mestre teve de chamá-lo à ordem com energia. Aquilo não era coisa que se fizesse em plena rua! Que ia pensar deles o "nosso companheiro"? A todas essas, a mulher ria e encorajava o anão com palavras safadas. Muitos dos passantes pararam para olhar a cena, mas, ao ver-se cercado de estranhos que o miravam como a um monstro de feira, o corcunda indignou-se e começou a injuriá-los. O mestre de novo interveio, segurou o amigo por baixo dos braços e ergueu-o como se ele fosse um polichinelo de pano e levou-o beco em fora, sob risadas. O Desconhecido ficou para trás e num relâmpago passou-lhe pela mente a ideia de fugir. Sim, podia sair correndo ao encontro do homem de branco e pedir-lhe proteção... Mas quando deu acordo de si estava caminhando apressado na direção das duas aves noturnas, como se já não pudesse mover-se na noite, e na cidade, sem o auxílio delas.

Quase no fim do beco, o homem do cravo depôs o corcunda na calçada, à frente duma janela onde se debruçava uma rapariga muito nova e franzina, com qualquer coisa de infantil e doentio na face mal pintada. Ao vê-la, o anão ficou excitado.

— Mestre, espere um pouco. Vou fazer uma devoção.

E embarafustou pela porta da casa da prostituta.

O homem da flor vermelha sorriu filosoficamente, encolheu os ombros, recostou-se num poste e, fazendo um gesto que abrangia todas as mulheres da rua, disse:

— Vasos de iniquidade.

A janela fechou-se. O Desconhecido não podia disfarçar sua inquietude. Estava ardendo por ver o que se ia passar naquele quarto. Começou a andar dum lado para outro, descia da calçada, tornava a subir, aproximava-se da janela, com o ouvido alerta, tornava a voltar para a sarjeta...

O mestre tirou um cigarro da carteira, prendeu-o entre os lábios e ofereceu outro ao companheiro, que o aceitou. Aproveitaram ambos a mesma chama de fósforo. O homem da flor declarou que não era supersticioso. O Desconhecido pôs-se a fumar, sentindo obscuramente na aceitação do cigarro o selo da sua rendição, um sinal de sua integração definitiva naquela companhia.

— Quem sabe o amigo também quer servir-se? — perguntou o mestre, mostrando num largo aceno de mão a galeria de marafonas.

O Desconhecido sacudiu a cabeça negativamente, mas com um vago desejo no corpo, não obstante todo o horror que sentia por aquele beco, por aquela gente, por aqueles cheiros.

Teve um sobressalto, ao ouvir um grito lancinante de mulher vindo de dentro do quarto onde o corcunda entrara. Olhou espantado para o mestre, que o tranquilizou com um gesto:

— O nanico tem seus métodos peculiares. E, no fim de contas, meu caro, dizem que todos os caminhos levam a Roma, *n'est-ce pas?*

A mulher gemia. O cigarro pendia esquecido dos lábios do homem de gris, que lutava entre o horror daquilo tudo e uma curiosidade invencível de ver o que se estava passando lá dentro.

Alguns minutos depois o corcunda saía da casa da prostituta, assobiando vigorosamente. A janela continuava fechada e uma ideia passou pela mente do Desconhecido. *Decerto o corcunda matou a menina.* Teve ímpetos de saltar sobre o réptil e esmagá-lo. Suas mãos tremiam, o cigarro lhe caiu da boca. Odiava aqueles dois monstros! Mas quando o mestre lhe fez um sinal, ele os seguiu submissamente.

Entraram numa rua mais respeitável, a algumas quadras do beco, e o corcunda sugeriu que tomassem um táxi e fossem para o centro da cidade à procura dum cabaré. O mestre consultou o relógio: dez e um quarto.

— Tenho um compromisso de honra às onze e meia. Antes disso não podemos pensar em divertimentos. Primeiro a obrigação!

Muitas das casas estavam de janelas iluminadas. Namorados passeavam de mãos dadas pelas calçadas, sob jacarandás. Andava no ar um cheiro de pão quente, que o Desconhecido aspirou com delícia. De longe veio o trilar do apito dum guarda-noturno e o atroar dum bonde.

O Desconhecido voltava-se frequentemente para trás, mas não conseguia avistar o homem de branco.

De repente o corcunda soltou uma exclamação e estacou, apontando para uma janela iluminada, no outro lado da rua.

— Um velório!

Os outros olharam. Era uma meia-água de aspecto pobre e tristonho. À sua frente, na calçada, homens fumavam e conversavam em pequenos grupos.

— Pode ser uma festa de aniversário — disse o homem do cravo.

— Aposto como é velório! — insistiu o anão. — Meu faro não nega fogo. Vamos entrar. Temos ainda uma boa hora antes do seu compromisso, mestre.

O outro sacudiu a cabeça lentamente, como um pai que procurasse desculpar-se da travessura do filho. Explicou:

— O nanico sempre teve paixão por velórios. Diz que não há nada no mundo mais instrutivo e edificante que um velório. Nem casamento! Talvez o diabo tenha razão. *Allons!*

Ao atravessarem a rua o mestre foi fazendo recomendações. Deviam portar-se com dignidade e evitar que a gente da casa desconfiasse de que eles estavam a divertir-se com a dor alheia. Batendo no peito o corcunda fazia juramentos solenes.

Mal puseram o pé na calçada, descobriram-se com todo o respeito, murmurando graves boas-noites para os homens que ali se encontravam. Foram logo procurando os parentes do morto e não tiveram dificuldade em achá-los, pois estavam quase todos no corredor, perto da porta, à espera dos pêsames. O homem do cravo e o anão foram distribuindo abraços. O Desconhecido ouviu a voz de araponga dizer: "Sentidas condolências!". Repetiu essas palavras automaticamente. Um dos parentes do defunto tresandava a cachaça. Outro a cigarro de palha. O terceiro tinha um hálito de acetileno. Um deles informou obsequiosamente que a viúva estava no quarto do casal.

As duas aves noturnas não tiveram dúvida: meteram-se pelo estreito corredor entupido de gente — com licença! com licença! — e foram abrindo caminho na direção do fundo da casa. O Desconhecido seguia-os. A cabeça agora lhe doía com mais intensidade, as têmporas latejavam, e o calor ambiente, o aperto, a proximidade desagradável daquelas caras cujas feições mal distinguia à luz amarelenta da lâmpada nua, o contato daqueles corpos que transpiravam, o cheiro de cera derretida mesclado com o de suor humano e com o aroma das flores — tudo isso contribuía para aumentar-lhe a aflição, o estonteamento, a miséria. Houve um instante em que teve a impressão de que ia desmaiar. Apoiou-se na parede caiada e ficou a olhar estupidamente para o cromo do calendário ali dependurado: um penhasco negro batido pelas ondas do mar.

Por fim conseguiram entrar os três no quarto da viúva, ainda mais sombrio que o resto da casa. A mulher e a filha do defunto estavam ambas sentadas na cama do casal e cercadas de amigas e comadres que choravam, soltavam fundos suspiros e exclamações de pesar.

O mestre aproximou-se da cama, explicou à viúva que fora amigo do falecido, e, com sua voz de paina e seu jeito de homem bem-educado, começou a fazer a apologia do morto, exaltando suas virtudes, dizendo da grande perda que sua morte representava para os amigos e para todos quantos haviam tido o privilégio do seu convívio. E enquanto ele falava, o corcunda olhava perdidamente para a filha do defunto, cujo rosto descorado, de olhos inchados de tanto chorar, se contorcia numa expressão de dor. Quando o homem da flor terminou o discurso, a viúva desatou num choro convulsivo e a filha, numa crise histérica, rompeu a rir, a rir perdidamente, e a rolar na cama, enquanto as comadres atarantadas apelavam para o mestre, pedindo que ele fizesse alguma coisa. Foi, porém, o corcunda quem tomou a provi-

46

dência mais eficaz. Ajoelhou-se na cama, sujeitou a rapariga pelos pulsos e esbofeteou-a, uma, duas, três, quatro vezes. As comadres puseram-se a gritar, mas o homem do cravo tranquilizou-as com um gesto. Agarrando fortemente a guarda da cama, o Desconhecido olhava a cena, com uma fascinação cheia de horror. De súbito a moça cessou de rir, desatou num choro solto mas manso, e afundou o rosto no travesseiro. O mestre então esclareceu:

— Em casos como esse, o tratamento é exatamente o que o meu amigo aplicou, por mais brutal que pareça.

As comadres cercaram a rapariga. Uma delas saiu para ir à cozinha em busca dum chá de erva-cidró. O mestre segurou o corcunda pelo braço e puxou-o para fora do quarto. O Desconhecido seguiu-os.

No corredor encontraram um dos parentes do morto, e o homem da flor vermelha murmurou-lhe ao ouvido:

— O meu amigo aqui é desenhista. Quer fazer o retrato do falecido a bico de pena, para publicar num dos nossos jornais, e naturalmente precisa da permissão da família...

— Acho que não vai haver a menor dificuldade — assegurou o homem. — O senhor espere, vou consultar a viúva.

Voltou pouco depois, dizendo:

— Ela está de acordo. E se o moço faz um preço conveniente, podemos até comprar o retrato...

E, com uma repentina expressão de tristeza, acrescentou:

— É que a família não ficou em boa situação. Foi uma doença prolongada... O falecido não tinha seguro. Era funcionário aposentado dos Correios e Telégrafos, uma boa alma, mas muito descuidado. Deixou caducar a apólice, o senhor sabe como são essas coisas...

O mestre pousou a mão afetuosamente no ombro do outro.

— O senhor não precisa me dizer como era o falecido, porque eu o conheci melhor que ninguém.

— Então era amigo dele?

— Amicíssimo.

O outro acendeu o toco de cigarro de palha que tinha entre os lábios e ficou por algum tempo a olhar o interlocutor com ar incrédulo.

— É engraçado. Nunca vi o senhor nesta casa.

— Veja o amigo como é a vida! No entanto fui companheiro de infância dele...

Fez um sinal na direção do defunto.

O outro lançou-lhe um olhar de estranheza:

— De infância? — repetiu. — O finado tinha sessenta e três anos e o senhor é ainda tão moço...

O homem do cravo sorriu melancolicamente:

— Não sou tanto como parece.

Ao dizer isto piscou o olho para o corcunda. O Desconhecido escutava o diálogo, pasmado.

Encaminharam-se para a sala maior, onde o parente do morto explicou aos circunstantes o que o "moço" ia fazer. Pediu que tivessem paciência — "O senhor aí faça o favor de ceder o seu lugar..."—, contou que o retrato ia aparecer num jornal — "Fica bem aqui, nosso amigo?" —, disse que talvez fosse melhor irem todos para o corredor ou para a calçada, enquanto o artista trabalhava.

O corcunda empoleirou-se numa cadeira, tirou do bolso a caneta-tinteiro e começou a folhear o bloco de papel que tinha nas mãos, procurando uma folha em branco. O Desconhecido, de pé atrás dele, viu passar rapidamente uma sucessão de desenhos que lhe pareceram vagamente pornográficos.

O mestre deu alguns passos à frente e ergueu com reverência o lenço que cobria a face do morto. O anão começou a trabalhar sob o olhar respeitoso das pessoas que ali se encontravam, homens sombrios de barbas meio crescidas e mulheres gordas de feições tresnoitadas.

O Desconhecido olhava para o defunto que tinha o corpo coberto de flores até o ventre, as mãos amarradas sobre o peito com um lenço roxo. Seu rosto, descarnado e anguloso, era uma máscara de cera, de pele pergaminhada, nariz adunco e narinas dum pardo violáceo. As chamas das velas mal se moviam, e sua luz se refletia no Cristo de prata do crucifixo, à cabeceira do esquife.

O mestre voltara para junto dos companheiros e agora, ao lado do homem de gris, ciciava-lhe ao ouvido:

— O meu amigo não deve tomar muito ao pé da letra o sentimento dessa gente e dos parentes do morto...

O Desconhecido sentia na orelha ferida o hálito morno e úmido do outro, que prosseguiu:

— No fundo cada um está pensando: "Antes ele que eu". Inclusive a esposa e a filha. Não se iluda.

O mestre soltou um suspiro teatral:

— Ainda há pouco ouvi no corredor um sujeito fazer a apologia do morto. "Um grande coração, uma grande alma." Pura peta. A bondade é um mito. E uma alma não pode ser grande nem pequena pela simples razão de que não existe. O homem é antes de mais nada um animal de presa. Quem foi que disse que viver é jantar e morrer é ser jantado? Talvez seja um modo um tanto vulgar e gaiato de exprimir um fato biológico... mas a síntese é boa.

Por uma razão misteriosa, o Desconhecido achava que não devia escutar o que o outro lhe dizia. No entanto ali estava sem dizer palavra nem fazer o menor gesto. E as coisas que aquele homem lhe segredava eram esquisitamente sedutoras sem deixarem de ser hediondas.

O corcunda olhava do morto para o papel, sobre o qual a pena não cessava de mover-se. Os outros o contemplavam com uma admiração um tanto soturna.

— Olhe para esses homens e mulheres — continuou o homem do cravo vermelho. — Nenhum deles está completamente vivo. Todos já começaram a morrer. Essa pobre gente não só compra coisas a prestações como também morre a prestações. A Morte manda um de seus anjos bater em cada porta todos os dias, para fazer a cobrança. O que varia é o prazo da dívida de cada um. O plano do negócio é o mesmo. O cancerzinho começa como um tímido botão e depois se vai abrindo — e as mãos do mestre tomavam a configuração duma flor — até desabrochar por completo, e mesmo depois de desabrochada, a flor continua a crescer, alimentando-se do resto do organismo, que vai definhando enquanto ela viceja. Ou então é uma artéria que endurece, um rim que vai sendo roído por uma inflamação, uma bela colônia de bacilos que se instala e fica a multiplicar-se nos pulmões... que sei eu! E a cara, meu amigo, como um espelho mágico vai refletindo toda essa tragédia interna, esse desgaste, essa desagregação, esse apodrecimento. Olhe as pessoas que aqui se acham e me diga se estou mentindo. Estão todos morrendo. Não há mais esperança para ninguém.

Uma mosca solitária passeava pela cara do morto. Fez alto por um instante sobre os lábios dessangrados, subiu até a ponta do nariz, hesitou uma fração de segundo, como se fosse penetrar numa das narinas, depois atravessou o côncavo da face, quase desapareceu no sulco duma ruga, fez nova pausa sobre um dos olhos e finalmente parou no centro da testa, a mexer freneticamente as pernas. O Desconhecido olhava com fixidez para o inseto, como se a sua trajetória na cabeça do defunto fosse a coisa mais importante do mundo.

— O amigo nunca ouviu dizer que é bem possível que as moscas sejam anjos? É uma hipótese bastante aceitável, além de poética.

49

A mosca esvoaçou brevemente no ar, pousou na beira dum dos castiçais e depois foi sentar na orelha dum velho triste e trêmulo, que se achava atrás do crucifixo.

— Veja a sabedoria da mosca — ciciou o mestre. — Ela sabe que entre o defunto e aquele cavalheiro não há muita diferença. Um já morreu. O outro está morrendo.

Houve um momento em que o Desconhecido teve a impressão de que seu crânio estalava de dor. A sede lhe voltara, intensa, de mistura com um desesperado desejo de ar livre. Olhou em torno, como a buscar socorro, e o que viu no vão da janela que dava para a rua fez-lhe o coração pulsar descompassado. O homem de branco meteu a cabeça para dentro da sala, olhou longamente para o morto, depois para o Cristo e fez o sinal da cruz. Em seguida fitou o Desconhecido, sorriu, inclinou de leve a cabeça e recuou, desaparecendo entre os vultos da calçada.

— Quem sabe — prosseguiu o mestre —, quem sabe se Deus não é uma mosca, a Grande Mosca? Outra hipótese sedutora.

Fazendo um sinal na direção do cadáver, o corcunda indagou:

— De que foi que morreu esse crápula?

Um senhor que estava perto e entreouvira a pergunta, sem contudo atinar com o significado de crápula, informou:

— De uremia.

O anão sorriu:

— Uma bela doença. Das melhores, nosso amigo, das melhores!

No quarto da viúva o choro havia recrudescido e ouviam-se de novo os gritos histéricos da rapariga. O corcunda agitou-se na cadeira, como que prestes a saltar. A mão do mestre, porém, caiu-lhe autoritária sobre o ombro, contendo-o.

— Não. Basta!

A mosca esvoaçou em torno do crucifixo e acabou pousando no peito da imagem.

— Sejamos honestos e realistas — soprou o homem do cravo ao ouvido do outro. — Você então acha que um deus que não pode defender-se a si mesmo e deixa crucificar-se será capaz de fazer alguma coisa por nós? Você acredita nessa balela de céu e eternidade?

O anão murmurou:

— O céu é aqui e agora. Você está com a carteira recheada e a noite mal começou.

O choro continuava no fundo da casa. A mosca voejou em torno da cabeça do corcunda e foi pousar na testa do Desconhecido, que a espantou com um tapa. O inseto, porém, voltou.

— Está vendo? Sua morte também já começou. As moscas têm um faro infernal. É bom não perder tempo.

A mão do mestre, seca e morna, apertou rapidamente a do homem de gris. No seu rosto luzia, amarelo, o rictus canino. Estendeu o lábio inferior, mostrando o cadáver.

— Olhe só aquele idiota. Deve ter sido funcionário exemplar, pai amantíssimo, *primus inter pares* como marido. Votou sempre com o governo, jamais cometeu adultério, ia à missa todos os domingos e usava balandrau nas procissões. Era caridoso e possivelmente fez tudo para não desejar a mulher do próximo, contra o qual jamais deu falso testemunho. De que lhe serviu tudo isso? Morreu e já está apodrecendo.

O corcunda terminou o retrato, que correu de mão em mão, sob respeitosas exclamações de admiração, indo parar no quarto da viúva que, ao vê-lo, teve outra crise de choro.

E desse momento em diante as duas aves noturnas tomaram conta do defunto, do velório e de todos quantos ali se encontravam. Pareciam velhos amigos da família, moviam-se com desembaraço duma peça para outra, animando as conversas, contando anedotas, provocando risos. O mestre receitou um calmante para a menina, e um dos parentes correu à farmácia para fazer aviarem a receita; o corcunda meteu-se cozinha adentro e em breve estava a dar gargalhadas com as negras, das quais arrancou um café com bolinhos, que foi servido e saboreado na sala da frente, ao redor do cadáver. Todos faziam questão de aproximar-se daquele senhor alto e bem vestido, de maneiras tão fidalgas e palavra tão fácil.

O Desconhecido acompanhava o mestre por toda a casa, aonde quer que ele fosse. Tomou o seu café lentamente, em goles curtos e tímidos, e houve um instante em que ficou a olhar com repugnância para a mosca que sentara na borda de sua xícara, e que devia ser a mesma que passeara havia pouco na cara do defunto. A cabeça lhe doía agora com tal intensidade, que ele chegava a ficar com a visão turvada. Às vezes esquecia-se de como viera parar naquela casa e já achava que jamais poderia sair dali. Procurava em vão uma cadeira para sentar-se e, no meio da balbúrdia, do calor, do cheiro nauseante das velas, tinha ímpetos de gritar. No entanto continuava a bebericar o café sem açúcar, que lhe amargava a boca e lhe descia, grosso e quente, goela abaixo, provocando-lhe contrações de estômago.

Um dos parentes do morto chamou o mestre à parte e o Desconhecido, que os seguiu, ficou a ouvir o que diziam. O homem do cigarro de palha apontava para um cubículo onde, sobre uma mesa sem lustro, se alinhavam vários frascos, potes e ampolas.

— Veja, doutor, quanto remédio posto fora! Uns estão pela metade, outros nem foram abertos. Um verdadeiro desperdício de dinheiro.

O homem do cravo procurou consolá-lo:

— Naturalmente a farmácia os receberá de volta...

— O senhor acha?

— Claro. Talvez com um pequeno abatimento...

— É justo, é justo. — E depois, noutro tom: — Ainda que mal pergunte, o senhor é médico?

O mestre sorriu.

— Meu amigo, sou um espírito eclético. Procuro saber um pouco de tudo.

O homem do cigarro de palha suspirou fundo e passou a falar no morto. Era um homem muito direito. Tinha os seus defeitos — quem é que não tem neste mundo, não é mesmo? — mas era uma nobre alma.

— E o amigo acredita mesmo que essa nobre alma esteja agora no céu? — perguntou o mestre, ajeitando o nó da gravata.

— Isso só Deus sabe.

— Mas qual é a sua opinião pessoal?

— Doutor, para falar com franqueza...

Ficou a olhar abstrato e silencioso para a chama do cigarro. E não disse o que pensava.

O corcunda apareceu com uma garrafa na mão, interrompendo o diálogo.

— Veja o que eu descobri, mestre! Um litro de vinho. É uma pena que não dê para todos...

O homem do cravo vermelho fez um gesto bíblico e recitou:

— *E, faltando vinho, a mãe de Jesus lhe disse: "Não tem vinho". Disse-lhe Jesus: "Enchei d'água essas talhas".* — Soltou uma risada e exclamou: — Mas o tempo dos milagres passou! E Jesus de Nazaré está morto, meus senhores. Nanico, o remédio é você beber sozinho.

O corcunda não teve a menor hesitação. Abriu a garrafa e, fazendo com ela um gesto circular, disse: *"Salud!"*. Levou o gargalo à boca e ficou a beber longamente, enquanto os outros olhavam, uns sorrindo e cochichando, achando muita graça naquilo, outros sérios e apreensivos, como se não tivessem ainda formado um juízo seguro sobre o estranho homúnculo. O anão fez uma pausa para respirar e depois continuou a beber.

O mestre olhou o relógio:

— Quase onze horas. A procissão vai continuar.

E, sorridente, explicou aos circunstantes:

— Temos um compromisso de honra às onze e meia.

Houve exclamações de sincero pesar. Tão cedo! Era uma pena... Com a presença do doutor seria muito mais fácil e agradável fazerem a vigília da noite. O mestre agradeceu polidamente e apanhou o chapéu. Ia dar ordem de partida quando entreouviu uma conversa que pareceu interessá-lo. À cabeceira do defunto dois senhores idosos falavam num crime. Percebendo que o homem da flor prestava atenção ao que diziam, voltaram-se para ele.

— Estamos comentando o crime — explicou um deles.

— Crime? Ah! — Puxando o Desconhecido pelo braço, o mestre aproximou-se do grupo, dizendo: — Venha escutar esta história.

— Pois é, doutor, não ouviu falar? Foi uma coisa bárbara.

— Onde? Quando?

— Hoje, na cidade alta, ali por volta do anoitecer.

Limpando a boca com a manga do casaco, o corcunda aproximara-se do grupo e escutava também. O velhote continuou:

— Pois uma mulher foi encontrada morta em cima da cama do casal, o lençol todo ensanguentado, um horror.

— Tiro?

— Facada.

O outro senhor interveio:

— O meu sobrinho, que é médico do Pronto-Socorro, foi quem atendeu. Me contou tudo quando chegou em casa para jantar. A mulher tinha pontaços pelo corpo todo. Era moça e diz que até bonita.

— E o assassino?

Um dos velhotes encolheu os ombros:

— Não se sabe. Desconfiam que foi o marido, que desapareceu.

O mestre olhou vivamente para o Desconhecido, cujos lábios agora tremiam. Um dos senhores idosos esfregou as mãos, murmurando:

— Os jornais amanhã vão ter um prato de sustância.

O homem do cravo segurou o Desconhecido pelo braço e arrastou-o consigo na direção da porta, atirando boas-noites para a direita e para a esquerda. O corcunda aproximou-se do caixão, ergueu por um instante o lenço que cobria o rosto do defunto, disse-lhe uma rápida palavra, fez meia-volta e saiu no encalço dos amigos.

Caminharam por algum tempo em silêncio, na rua agora quase deserta. O mestre, que não largava o braço do prisioneiro, murmurou-lhe ao ouvido:

— O seu colarinho está manchado de sangue.

O outro tremia. O corcunda caminhava gingando exageradamente, com um pé na calçada e outro na sarjeta.

— Você matou a sua mulher.

A voz do mestre era um lento rosnar. O homem de gris sacudia a cabeça — não! não! não!

— Onde escondeu a faca?

— Não me lembro!

Mas através dum nevoeiro ele divisava um homem ajoelhado no meio de árvores, a cavar no chão. Santo Deus! Teria enterrado a faca no Parque?

O mestre pareceu perder a paciência.

— Confesse logo. Por que matou sua mulher? Ciúme? Encontrou-a na cama com outro homem? Hem? Hem?

— Meu Deus — balbuciava o Desconhecido —, não é possível!

— Por que não há de ser possível? Tenho no bolso o seu lenço manchado de sangue... Vamos terminar esta farsa!

— O lenço não é meu.

— De quem é então?

— Não sei.

— Imbecil!

O homem do cravo largou o braço do outro e pareceu recobrar a compostura. Apertou o nó da gravata, deu um puxão nas abas do casaco, voltou a cabeça e acenou para o corcunda. — Há várias maneiras de refrescar a memória duma pessoa — sussurrou sibilinamente.

O Desconhecido parou, sentou-se no meio-fio da calçada e cobriu o rosto com as mãos. O mestre ficou de pé a seu lado, a fumar serenamente, enquanto o corcunda, encostado a um poste, entretinha-se a pintar silhuetas na calçada, com o líquido que lhe saía das entranhas.

— Para mim seria a coisa mais fácil do mundo — disse o mestre com voz casual — resolver esse problema. Você sabe das minhas excelentes relações com o pessoal da Central de Polícia. Eles me dariam o nome da vítima, o do marido da vítima e todos os seus sinais. Possivelmente até um retrato... *Voilà!*

54

Soltou um lento suspiro resignado, que lhe saiu da boca com uma baforada de fumaça:

— Mas já lhe disse que não sou investigador. Além disso, tenho a minha ética, e um certo orgulho de meus métodos. — Pousou carinhosamente a mão no ombro do outro. — Fique tranquilo. Conosco você está seguro. Se quiser podemos livrá-lo da polícia, fazê-lo passar para o outro lado da fronteira... Com dinheiro tudo se arranja. Naturalmente um homem de sua posição deve ter meios de arranjar uma boa quantia, além dessa que está na sua carteira...

— Nossa noite mal começou — resmungou o corcunda. — Já que não podemos aliviar a consciência desse assassino, vamos ao menos aliviar-lhe a carteira.

— Levante-se — ordenou o mestre. — O tempo urge. Não posso faltar ao meu encontro. *Noblesse oblige*. Vamos, de pé.

O Desconhecido obedeceu, e os três se puseram em marcha.

— Tomaremos o primeiro táxi que encontrarmos — decidiu o magro, inclinando a cabeça para cheirar o cravo.

Andaram mais uma quadra e chegaram a um largo iluminado, cheio de gente e música.

— Uma quermesse! — exclamou o anão, já alvorotado.

— Onze horas! Você sabe que não costumo chegar atrasado aos meus encontros.

— Mestre, só vinte minutos! — suplicou o nanico.

O homem da flor encolheu os ombros, tolerante, e os três entraram no largo. O olhar do Desconhecido estava fito na igreja, cuja fachada recoberta de lâmpadas de várias cores, num pisca-pisca incessante, tinha um irisado fulgor de joia.

No centro do largo erguia-se um carrossel e, sob o para-sol cônico de lona, com gomos amarelos, azuis e encarnados, girava a plataforma circular sobre a qual se alternavam bancos para duas pessoas e os cavalinhos de pau, quase todos ocupados.

Era uma quermesse suburbana, pobre e evidentemente já nos últimos dias, talvez nas últimas horas. As tendas espalhavam-se em torno do carrossel, exibindo seus sortimentos um tanto desfalcados — estatuetas de gesso, panelas de alumínio, vasos, perfumes baratos, joias de fantasia, bonecos, latas de conserva, garrafas de licor — cada qual com seu jogo: pescaria, jaburu, lançamento de argola ou de dardos, tiro ao alvo... Por entre elas passeavam homens e mulheres, principalmente soldados e marinheiros, de braços dados com criadinhas. Poucos, porém, eram os que se interessavam em experimentar a sorte, pois parecia que o calor abafado os deprimia, fazendo-os arrastarem-se com uma viscosa lentidão de lesma.

Só os camelôs pareciam não sentir o peso da noite: em discursos vibrantes, como se estivessem convidando o povo para uma revolução redentora, apregoavam suas mercancias — ervas milagrosas, tira-manchas infalíveis, pequenas engenhocas para uso doméstico — e falavam com tanto gosto, e numa tal riqueza de retórica, que pareciam mais interessados na oratória que no comércio.

Andava no ar um cheiro de frituras que vinha das tendas onde se faziam pastéis, churros e pipocas. E aqui e ali, montando guarda a seus tabuleiros de cocadas, quindins e bons-bocados, negras velhas, de saias rodadas e turbantes coloridos, cochilavam, enquanto ao pé delas morriam aos poucos as chamas de suas lâmpadas de querosene.

Do chão todo variolado de cascas de frutas, farrapos de jornal, copos de papel, casquinhas de sorvete e pontas de cigarros, subia um cheiro seco de terra quente de mistura com uma verde fragrância de grama.

A polca saltitante do carrossel espraiava-se no largo. O Desconhecido caminhava lentamente, ladeado pelos seus dois anjos. Houve um instante em que o corcunda ficou para trás, junto do tabuleiro duma preta, a comer cocadas e a conversar. Alcançou depois o mestre e murmurou:

— A negra-mina me avisou que hoje temos um bom candomblé na casa duma mãe de santo, minha conhecida.

Falava de boca cheia, e partículas de coco lhe escapavam por entre os lábios úmidos e lustrosos. O homem do cravo inclinou-se para o Desconhecido e explicou:

— O nanico interessa-se por todos os cultos. Não só frequenta os templos católicos e protestantes como também e principalmente os terreiros de macumba, as sessões da Linha Branca de Umbanda, o alto e o baixo espiritismo. É um diletante das religiões.

— Que injustiça, mestre! O meu interesse é muito mais profundo que o do simples diletante. E você bem sabe disso.

A polca prosseguia, festiva, e quando o carrossel parava, ouvia-se mais forte a voz dos camelôs.

O homem de gris olhava entretido para a roda do jaburu. Sua cabeça continuava dolorida e latejante. Levou algum tempo para ouvir o que o anão lhe dizia, quase aos berros, a puxar-lhe freneticamente a manga do casaco:

56

— Preciso dum empréstimo! Vamos, me passe uma nota de cem. Antes de terminar a noite você receberá seu dinheiro de volta, com juros.

O Desconhecido entregou a carteira ao homúnculo que, sob o olhar fiscalizador do mestre, tirou dela uma cédula de cem.

O homem do cravo vermelho sentenciou:

— Nunca emprestes dinheiro a ninguém, nem ao teu próprio pai, sem um documento...

Numa repentina revolta o Desconhecido encolheu os ombros e disse com raiva:

— Que me importa? O dinheiro não é meu.

— Ah! — fez o mestre. — Estamos progredindo. O amigo confessa que roubou a carteira... Magnífico! Temos então de oferecer outra versão para o caso. O móvel do crime não foi o ciúme, mas o roubo. Correto? Hem? Responda!

— Não me lembro.

O corcunda, que de novo ficara para trás, estava agora junto duma tenda, a comer pastéis quentes e a palestrar animadamente com o pasteleiro.

O mestre arrastou sua presa para junto do balcão duma galeria de tiro ao alvo, apanhou uma espingarda, comprou dez balas e deu uma demonstração de sua habilidade de atirador, derribando, sem errar um tiro, dez dos patos de lata que lá no fundo passavam lentamente em fila indiana.

— Agora atire você — disse, entregando a arma ao Desconhecido. Este hesitou por um instante, mas por fim decidiu-se. Voltou-se para os alvos, ergueu a espingarda ao rosto e fez pontaria. O mestre ciciou-lhe ao ouvido:

— Sei que é uma loucura pôr uma arma nas mãos dum assassino. Mas eu adoro o perigo. Ah! Suas mãos estão tremendo. Talvez você seja mais destro com arma branca do que com arma de fogo...

Debruçado sobre o balcão, um toco de cigarro colado ao lábio inferior, o dono da tenda fitava nos dois fregueses um olhar neutro.

— Agora veja bem o risco que estamos correndo — prosseguiu o homem da flor. — O corcunda vem vindo. Sei que você detesta o bicharoco. Basta voltar a arma na direção dele e meter-lhe uma bala no olho. A coisa mais fácil do mundo... De qualquer modo você está perdido: um crime a mais, um crime a menos, que diferença faz?

A arma tremia nas mãos do Desconhecido. O suor escorria-lhe pelo corpo todo, empapando a roupa, que tomava aos poucos um tom de chumbo. A música do carrossel continuava, repetida como a dum realejo. No fundo da galeria os patos passavam serenamente. O Desconhecido queria puxar o gatilho, mostrar que sabia atirar, mas o dedo não lhe obedecia, como que paralisado. De repente largou a arma, que caiu com um ruído cavo sobre o balcão. O dono da tenda sobressaltou-se.

— Que foi? — exclamou.

O mestre sorriu e atirou-lhe alguns níqueis.

— Nada. O meu amigo está nervoso. Boa noite.

Puxou o outro pelo braço. O corcunda seguiu-os, sacudido de riso. O Desconhecido avistou um padre que passeava lentamente, de mãos às costas, por entre as tendas. Era um tipo alto e magro, ainda moço, de feições simpáticas e cabelos dum louro esbranquiçado. O prisioneiro desvencilhou-se do homem da flor, correu para o vigário, agarrou-lhe a manga da batina e tartamudeou:

— Padre, me acuda. Eles tomaram conta de mim.

O sacerdote franziu a testa, atônito. O mestre avançou para ele, de chapéu na mão, e fez uma mesura.

— Senhor vigário, queira desculpar...

Enlaçou carinhosamente a cintura do Desconhecido e entregou-o ao corcunda. Quando eles se afastaram, murmurou:

— O nosso amigo não está bem das faculdades mentais... — Encostou a ponta do indicador no centro da testa. — Esquizofrenia. Amanhã vamos interná-lo.

O padre ficou um instante pensativo. Depois disse, paternal:

— Não é conveniente deixá-lo andar por aí sozinho.

— Está bem, vigário, não o largaremos de mão. Ah! A propósito. Quero mandar um donativo em dinheiro para as obras da nova igreja. A quem devo endereçar o envelope?

O sacerdote pareceu encantado com a notícia. Tomou o braço do outro, caminhou com ele alguns passos, deu-lhe o endereço pedido e, ao despedir-se com um caloroso aperto de mão, exclamou:

— Muito agradecido. E que Deus o abençoe e guarde.

— Amém!

O mestre apressou o passo para alcançar os companheiros. O corcunda cuspiu no chão e resmungou:

— Acho que hoje estou preparado para receber o Santo.

O homem magro sorriu.

— O nanico é um verdadeiro espetáculo quando recebe o Santo nesses candomblés. Eu quisera que você visse. Começa a tremer todo e acaba rolando no chão e esperneando como um possesso...

Fez uma pausa para acender um cigarro. Depois continuou:

— É incompreensível a atitude da chamada ciência oficial com relação a esses fenômenos. Para principiar, recusa-se a examiná-los a sério, achando que tudo não passa de superstição, mistificação. No entanto as Sagradas Escrituras estão cheias de casos de possessos e endemoninhados. E já que falamos na Bíblia, que grande livro! Tem algumas contradições, é claro, e dum modo geral é um documento parcial. Sim, parcial para o lado do Bem, da Luz. No entanto o leitor sente a presença da Sombra e do Mal desde a primeira até a última página. Pode-se até dizer que na Bíblia, Satã rouba o *show*.

O Desconhecido, que olhava para o carrossel, avistou o homem de branco montado num dos cavalinhos de pau. Sua alegria foi tão grande, que ele não se conteve: acenou para o amigo, com o alvoroço de quem, perdido numa cidade estrangeira e hostil, encontra de repente um compatriota. Depois deixou-se levar pelas duas aves noturnas, mas sem afastar os olhos do carrossel... Lá se ia o homem da gaitinha, segurando as rédeas, as alpargatas brancas metidas nos estribos — e sua franja esvoaçava, como esvoaçavam também as crinas do cavalinho; a polca era alegre e alegres pareciam estar todas as criaturas que giravam com o carrossel. O mestre olhou para a plataforma no momento em que o homem de branco passava no seu baio.

— O idiota — murmurou ele.

— Esse animal tem a mania de nos seguir — resmungou o corcunda.

O Desconhecido esteve prestes a gritar: "Não! É a *mim* que o homem da gaita está seguindo!". Mas calou-se. A cabeça agora não lhe doía tanto e ele se sentia cheio duma doce, aérea, inexplicável esperança.

A música do carrossel foi aos poucos diminuindo de intensidade, até que parou por completo. O homem de branco acariciava as crinas do seu cavalo. Um sujeito de camiseta negra apareceu à beira da plataforma e gritou:

— Padre!

O sacerdote aproximou-se.

— Vamos ver que é que há — disse o mestre.

E os três acercaram-se do carrossel.

O vigário dirigiu-se ao homem de branco:

— O senhor de novo? — perguntou num tom repreensivo, mas sem rancor. — Já lhe disse que não aparecesse mais por aqui. Ontem lhe permiti que desse uma volta grátis, como prova de minha boa vontade. Mas todas as noites, não é possível!

O homem da gaitinha mirava o padre em silêncio e seu olhar continuava límpido. Algumas das pessoas que estavam no carrossel escutavam, interessadas. Curiosos aproximavam-se. O padre pareceu entusiasmar-se diante da inesperada plateia e falou mais alto, olhando sempre para o homem de branco:

— O senhor então não sabe que esta quermesse é em benefício das obras do novo templo? Não compreende que está tirando nesse carrossel o lugar duma pessoa que paga? Vamos, desça daí!

O outro obedeceu. Apeou lentamente, lançou um olhar para o Desconhecido, saltou para o chão e abalou, sumindo-se no meio da multidão. O padre seguiu-o com o olhar e, meneando a cabeça com ar penalizado, disse:

— É um caso perdido! Passa o dia a tocar a sua gaitinha e a brincar com gatos e cachorros. — Sua voz tomou um tom de sermão. — A ociosidade é a mãe de todos os vícios. Podemos esperar todo o mal dum homem desocupado, pois em verdade vos digo que é dessa massa que se fazem os criminosos.

— E os santos.

O Desconhecido deixou escapar estas palavras quase sem sentir. O padre voltou rapidamente a cabeça e franziu o sobrolho. Mas antes que ele falasse, o homem da flor pediu-lhe desculpas com um sorriso, ao mesmo tempo que levava a ponta do indicador à testa, num gesto que valia por uma palavra: *esquizofrenia*.

De novo começou a girar o carrossel. Uma valsa inundou suavemente o ar. O cavalo baio galopava solitário.

Tomaram um táxi a duas quadras do largo. O mestre murmurou um endereço ao ouvido do chofer. O carro arrancou, meteu-se por uma sucessão de becos e ruas desertas, entrando depois na larga avenida que margeava o lago. O Desconhecido estava sentado no banco traseiro, entre o mestre e o anão. De olhos cerrados, escutava o macio rolar dos pneumáticos no asfalto. O homem da flor puxou conversa com o chofer. Como tinha sido o dia? Brabo. Achava que ia chover? Se ia! Tinha ouvido falar no crime?

— O do Parque?

— O da mulher esfaqueada.

— Nesse não ouvi falar. Só sei do crime do Parque.

O Desconhecido abriu os olhos ao ouvir a palavra *parque.*

O mestre interessou-se:

— Como foi?

— Assaltaram um homem e roubaram a carteira, o relógio e um anel...

— Morto a facadas? — perguntou sofregamente o anão.

— O homem não morreu. Levou só uma paulada na cabeça, tonteou e caiu.

— A que horas aconteceu isso?

— Por volta do anoitecer.

— A vítima não identificou o assaltante?

— Como?

— O homem não viu quem o atacou?

O chofer sacudiu a cabeça negativamente.

— Ele viu mas foi estrelas! Estava com a cara lavada em sangue. Levou tempo pra poder falar.

O mestre observava o homem de gris com o rabo dos olhos. O Desconhecido olhava sonolento para o estuário, onde um navio iluminado estava ancorado ao largo. Na outra margem piscavam luzes contra a encosta dos morros. Pelo quadro da janela do carro passavam, rápidos, os globos iluminados dos combustores.

— Mais depressa — pediu o mestre. — Tenho um compromisso às onze e meia. Faltam apenas doze minutos.

O chofer pisou no acelerador.

— Pé no fundo! — gritou o corcunda.

A velocidade do automóvel aumentou ainda mais.

— Já estou passando dos noventa. Se um inspetor me pega é capaz de me tirar a carteira.

— Não se impressione — disse o mestre. — Sou da inspetoria do trânsito.

O chofer deu de ombros. O ponteiro do velocímetro estava agora em cima do cem. O Desconhecido entesou o busto e segurou com ambas as mãos o respaldo do banco fronteiro, os olhos fitos na estrada. Os automóveis que vinham em sentido contrário passavam zunindo. Um deles acendeu a luz do farol e um clarão cegante como que aboliu repentinamente a rua, e, numa fração de segundo, o carro dos companheiros da noite pareceu desgovernado e quase foi de encontro à calçada. O corcunda soltou um palavrão. Mas lá es-

61

tava de novo a perspectiva da avenida, o asfalto reluzente, o duplo colar de lâmpadas.

— São uns inconscientes, uns bandidos! — exclamou o chofer.

— Aposto como era carro particular.

O Desconhecido apertou as fontes com as pontas dos dedos. Fazia-se agora mais agudo o cheiro do corcunda e mais desagradável o contato daquele corpo quente e úmido. O céu pesava, escuro, sobre a chapa de mercúrio do lago.

— Não lhe prometemos uma grande noite? — murmurou o mestre.

Ao pé duma colina o carro deixou a faixa de asfalto e tomou um caminho calçado de pedras irregulares que subia a encosta. Por fim estacou e os três companheiros apearam. O homem da flor olhou o taxímetro:

— Trinta e cinco. — Voltou-se para o corcunda: — Dê cinquenta ao chofer.

— Mestre — protestou o anão —, o nosso convidado que pague. Está com a carteira recheada.

— Faça o que eu lhe disse!

O nanico entregou com relutância uma nota de cem ao chofer, que lhe deu o troco e agradeceu. Puxando a manga do casaco do Desconhecido, o homúnculo rosnou:

— Você já me devia cem. Agora me deve mais cinquenta. E soltou uma risada metálica, que encheu o ermo.

Estavam a meia encosta da colina, à frente dum velho portão colonial de onde se tinha uma ampla vista do estuário e da cidade. Para além dos cerros, do outro lado das águas, relâmpagos clareavam o horizonte. O trilar dos grilos raspava a face do silêncio. Um vaga-lume lucilou por entre as árvores.

O Desconhecido deixou-se levar. Ouviu, mais que viu, a estrada que trilhavam, pois o areão rangia a seus pés. Estavam num parque sombrio, que dava uma impressão de mata virgem. Mosquitos zumbiam, invisíveis.

— Agora você vai visitar uma casa muito interessante — disse o homem do cravo encarnado com voz paternal. — Espero que saiba portar-se, pois é um lugar onde se exige a máxima discrição e qualquer cena de violência ou mesmo a menor altercação seria profundamente desagradável, para mim, para a senhora que dirige o estabelecimento, para o meu cliente, enfim, para todos.

Veio de longe o ladrar dum cachorro.

— Não se assuste. Está preso na corrente. Mas... como lhe recomendava, seja discreto. Não é preciso dizer nada. Olhe e escute. Se não quiser, não olhe nem escute. Nem pense. O essencial é evitar complicações. Venho aqui a negócios. Depois continuaremos o nosso passeio. Está entendido?

O Desconhecido sacudiu afirmativamente a cabeça.

Aproximavam-se duma casa assobradada, de aspecto severo, com uma fila de seis janelas no andar superior e, no andar térreo, uma grande porta central com duas janelas de cada lado. As bandeirolas das janelas do segundo andar achavam-se quase todas iluminadas, como se o sobrado estivesse em festa. Delas, porém, não vinha o menor sonido de vozes ou música.

O mestre apertou no botão da campainha. Passou-se algum tempo antes de se ouvirem passos no interior da casa. Por fim a porta entreabriu-se e na penumbra do corredor apontou uma cabeça.

— Sou eu — disse o homem do cravo com um sorriso na voz.

— Ah! — fez a dona da casa.

A folha da porta abriu-se por completo, os três companheiros entraram e foram levados para uma ampla sala ricamente iluminada pelas muitas lâmpadas do imponente lustre de pingentes de vidro que pendia do teto, onde se via um trifólio em relevo. A um canto da peça, sobre o linóleo de cubos coloridos, estavam um sofá e duas poltronas estofadas de veludo dum vermelho de groselha. No centro da sala, em cima da mesa coberta por uma toalha de damasco, repousava uma fruteira de prata com laranjas, bananas e maçãs de cera. Nas paredes, contra um fundo rosado, avultavam, em grená, enormes cachos de uva e folhas de parreira. O que, porém, mais chamou a atenção do Desconhecido foi uma imagem do Coração de Jesus que pendia da parede, numa moldura debruada de pequenas lâmpadas azuis e amarelas. Percebendo a direção do olhar do homem de gris, a dona da casa murmurou um discreto "com licença" e apagou as lâmpadas coloridas. Depois torceu a chave do lustre e extinguiu a luz maior, deixando apenas a do quebra-luz em forma de umbela, que se erguia a um canto, produzindo um lusco-fusco alaranjado.

— Fica melhor assim, não? — perguntou a madama.

O mestre apressou-se a dizer que ela sabia sempre o que ficava me-

63

lhor, o que agradava mais: e que não havia ninguém que como ela soubesse antecipar o desejo dos clientes. Por tudo isso não era de admirar que sua casa fosse a mais bem frequentada da cidade.

— Não é para me gabar — disse ela, parada no meio da sala, com o chapéu do mestre e o do corcunda nas suas delicadas mãos de criança —, mas meus clientes são gente escolhida. Só vem aqui a fina flor da sociedade.

Moveu a cabeça dum lado para outro, com uma vivacidade de roedor, e pôs uma surdina na voz:

— Sabem? Agora mesmo tenho nos aposentos lá de cima um banqueiro, um industrial e um deputado. Ah! Mais tarde vem outro figurão... Mas façam o favor de sentar, que eu vou pendurar estes chapéus no cabide.

Saiu para o corredor. O corcunda e o mestre sentaram-se no sofá. O Desconhecido caiu pesadamente sobre uma das poltronas, soltando um suspiro. As janelas da sala estavam fechadas. Fazia ali dentro um calor abafado e ele começava a sentir já uma angústia de entaipado. Quedou-se por algum tempo a olhar para o desenho do linóleo com tamanha intensidade e fixidez que dentro em pouco sua visão estava embaralhada e a tontura aumentava.

A mulher voltou. Caminhava na ponta dos pés e falava aos cochichos, como se tivesse doente grave em casa. Era uma cinquentona gorda mas miúda, de cabelos levemente grisalhos e cara honesta de mãe de família.

— Então, madama? — perguntou o homem do cravo, cruzando as pernas e acendendo um cigarro. — Tudo em ordem?

— Tudo em ordem — respondeu ela, depondo solicitamente um cinzeiro sobre a guarda do sofá.

— O nosso homem não apareceu?

— Ainda não. Ele marcou para as onze e meia, não foi? Ainda faltam cinco minutos.

O mestre fez um gesto liberal.

— Querem beber alguma coisa? — perguntou ela.

O homem da flor não queria. O corcunda exigiu licor de pêssego. O Desconhecido surpreendeu-se a pedir um copo d'água. Depois de servi-los, a dona da casa sentou-se na poltrona vaga, compôs o vestido, consultou o relógio-pulseira, apertando muito os olhos, e por fim soltou um suspiro sincopado. Do andar superior veio o rumor duma voz de homem, seguida do cascatear duma risada feminina.

— Não foi fácil convencer o comendador — disse o mestre, batendo a cinza do cigarro sobre o cinzeiro. — A senhora compreende, é um cidadão casado, de responsabilidade, muito conhecido na alta roda. É natural que tenha escrúpulos, receios... Um escândalo seria uma coisa desastrosa para ele. Conheço dezenas de pessoas que dariam um braço para desgraçar o nosso cliente...

— Ah! Graças ao bom Deus, na minha casa não há perigo. Mandei até a criada embora e eu mesma estou fazendo todo o serviço. E depois o senhor sabe, sou mesmo que um túmulo. — Espalmou a mão sobre o peito. — Segredo que cai aqui é segredo morto e sepultado.

O corcunda bebeu o último gole de licor e estalou os beiços. Aproximou-se da mesa, tomou da garrafa e tornou a encher o cálice.

A madama lançou um olhar enviesado para o Desconhecido e, inclinando-se para o lado do mestre, murmurou:

— Quem é o moço?

— Oh! Perdão... Esqueci-me de fazer as apresentações. É um amigo nosso da Capital Federal, pessoa de toda a confiança.

A mulher inclinou a cabeça e sorriu, mostrando a dentadura postiça:

— Arranjou alguma menina para ele? — perguntou.

— Não. O moço não está interessado.

A dona da casa brincou com o crucifixo negro que pendia da corrente de ouro que lhe circundava o pescoço e, com sua voz um pouco nasalada, disse:

— Não vá ele ser do jornal... O outro dia esteve aqui um moço, trazido por aquele figurão que o senhor conhece... o general, se lembra? Pois é. O moço entrou, tal e coisa, sentou-se, bebeu uma cerveja, me elogiou e, depois que o general subiu com uma das meninas, ele ficou aqui embaixo. Era simpático, bem falante. Conversa vai, conversa vem, eu quando vi tinha desatado a língua e respondido a todas as perguntas dele. Isso na maior inocência. Pois não é que o infeliz trabalhava num jornal e no outro dia publicou tudo que eu disse? Foi um deus nos acuda, quase me chamaram na delegacia. E se não fossem as amizades que tenho com esses figurões... o deputado, o senhor sabe...

— Piscou o olho. — Pois é. Se não fossem essas boas amizades, acho que a polícia dava uma batida aqui e eu tinha de fechar a casa e ainda por cima era capaz de ir parar na cadeia. Por isso é que a gente tem que se cuidar...

O mestre sorriu.

— Respondo pelo meu companheiro.

Um mosquito começou a esvoaçar e zumbir ao redor da cabeça do Desconhecido, cujos olhos estavam fitos na imagem entronizada. O anão aproximou-se dele e disse:

— Nada de mal pode acontecer a esta casa, que está sob a proteção do Coração de Jesus. Além disso a madama vai todos os domingos à missa, se confessa e toma a comunhão pelo menos uma vez por mês.

A mulherzinha remexeu-se, inquieta, na poltrona. O mestre franziu o cenho.

— Nanico, cale a boca, não diga inconveniências.

A madama estava magoada.

— Pois é. Nunca pude compreender — balbuciou ela, olhando para o mestre — como é que um cavalheiro como o senhor, tão educado e gentil, pode andar com um homem como esse... São coisas que não compreendo, palavra de honra.

— Ora, madama, o nanico não é mau. Não devemos tomar ao pé da letra tudo quanto ele diz. E, de resto, como poderia eu viver sem ele? É o meu anjo da guarda!

Ergueu a cabeça e soltou uma alegre baforada de fumaça.

— Ah! Antes que o comendador chegue, a senhora não me podia pagar a comissão a que tenho direito?

Ela hesitou.

— E se ele não vier?

— Vem.

— Mas se ele não vier?

— Eu lhe devolvo o dinheiro.

— Quando?

— Hoje mesmo.

— Palavra?

— Madama!

Ela soltou um suspiro, ergueu-se, saiu da sala e poucos minutos depois, voltou trazendo uma cédula. Entregou-a ao mestre, que a meteu no bolso sem examiná-la.

— Esta é a parte mais desagradável do negócio — disse ele, limpando os dedos no lenço.

— A gente precisa viver... — murmurou a dona da casa, lançando um olhar cheio de intenções para o corcunda.

De repente soou uma campainha no corredor. A madama teve um sobressalto.

— Deve ser ele!

— Vá receber o nosso homem — incitou-a o mestre.

A mulherzinha estava estonteada.

— E a moça? Que é que eu vou dizer se ele me perguntar pela moça?

O homem da flor tranquilizou-a:

— Traga o comendador para cá, eu tomo conta dele.

Ela saiu em passos miúdos e rápidos, na ponta dos pés.

O corcunda tornara a sentar-se, com a garrafa numa das mãos e o cálice na outra, e bebia em goles lentos, estalando a língua e saboreando o licor. O Desconhecido olhava dum lado para outro, com a vaga impressão de que tudo aquilo já havia acontecido antes, e que ele não estava vendo e ouvindo aquelas pessoas, mas sim lembrando-se delas...

Fez-se um silêncio. Do corredor veio a voz excitada da madama e um arrastar de passos. O mestre ergueu-se, apertou o nó da gravata, ajeitou o lenço no bolso superior do casaco, passou a ponta dos dedos pelos cabelos das têmporas e sua boca se abriu num rictus que lhe pôs à mostra os dentes amarelados.

O comendador surgiu à porta e ali permaneceu por alguns segundos, como que desconcertado por ver tanta gente na sala. O mestre avançou, tomou-lhe familiarmente do braço e fê-lo sentar-se numa das poltronas, onde o recém-chegado ficou de busto retesado, as costas sem tocar o respaldo, ambas as mãos a agarrar as guardas — como se estivesse, tenso e apreensivo, num avião prestes a decolar. E como ele olhasse com estranheza e desconfiança ora para o Desconhecido — que o mirava com ar perplexo — ora para o corcunda — que o cocava com olho pícaro — o homem do cravo vermelho apressou-se a esclarecer:

— Ah! São amigos meus, comendador, amigos íntimos, verdadeiros irmãos, gente da maior confiança. Pode ficar tranquilo.

O comendador parecia não estar ainda satisfeito com a explicação e muito menos com a situação. Com sua voz grave e patronal, voltou-se para o mestre:

— Eu lhe deixei a coisa bem clara. Não desejava encontrar ninguém nesta casa a não ser sua proprietária e... a moça, naturalmente. Foi por isso que me sujeitei a pagar a quantia que me exigiram.

— Calma, comendador. Dou-lhe a minha palavra como...

— Mas o senhor não cumpriu a sua palavra! Prometeu uma coisa e fez outra.

— Comendador!

O corcunda havia largado a garrafa de licor e tinha agora numa das mãos a caneta e na outra o bloco de desenho.

No meio da sala, as mãos trançadas a apertarem o ventre, a madama contemplava o cliente com ar infeliz.

Era o comendador um homem de aproximadamente cinquenta e cinco anos, fortemente moreno, de cabelos negros e ainda abundantes, prateados nas fontes: tinha o rosto carnudo, o queixo voluntarioso, os lábios permanentemente fixos numa expressão que à primeira vista parecia de zanga. Estava vestido de linho bege e recendia a água-de-colônia e sarro de charuto. Não era propriamente gordo, mas tinha essa corpulência sólida que vem com a meia-idade combinada com a boa vida.

— Bebe alguma coisa, doutor? — perguntou servilmente a madama.

— Não — respondeu ele, seco. Mas em seguida adoçou a voz e acrescentou: — Muito agradecido, minha senhora.

A tensão ambiente pareceu aliviar-se um pouco. O comendador tirou do bolso um lenço de seda e passou-o vagarosamente pela testa, pelas faces, e entre o pescoço e o colarinho. Depois ergueu o olhar para o mestre e inquiriu em voz baixa, visivelmente constrangido:

— Ela já chegou?

— Ainda não.

— Mas vem?

— Claro! E não pense que me foi fácil convencer a moça. Como o senhor sabe, ela é casada... Se está demorando decerto é porque antes de sair teve de fazer o filho dormir. Essas crianças às vezes acordam no meio da noite.

Num cochicho malicioso, acrescentou:

— O marido anda viajando. E o senhor não imagina a lábia que tive de usar para convencer a criatura. Se fosse uma prostituta vulgar...

O comendador cortou-lhe a palavra com um gesto que queria dizer: — "Dispenso esses pormenores". O mestre deu de ombros. O cliente remexeu-se na poltrona, como se não tivesse ainda encontrado posição cômoda. Do andar superior veio uma voz bem empostada de homem, a que se seguiram os compassos duma marcha.

— Que é isso? — perguntou o comendador, franzindo o cenho.

A dona da casa hesitou por alguns segundos antes de responder.

— Rádio — balbuciou. — No quarto de cima, um dos meus fregueses...

O comendador dardejou para o homem do cravo vermelho um olhar carregado de rancor.

— Quer dizer que ainda vou ter de encontrar mais gente esta noite?

A madama aproximou-se, chegou a tocar-lhe o braço, de leve.

— Mas não, doutor, as pessoas que estão nos quartos de cima não precisam passar por esta sala para irem embora. Eu reservei para o senhor o melhor apartamento da casa, aqui embaixo, com banheiro ao lado...

O comendador, porém, continuava indócil.

— Mas você não me podia ter arranjado coisa mais discreta? — perguntou ao mestre, com voz um pouco menos irritada.

O outro abriu os braços, num belo gesto teatral.

— Mas esta é a casa mais discreta da cidade! Está praticamente dentro do mato...

Um relógio começou a bater horas, num outro compartimento do sobrado. Fez-se um silêncio e todos eles, inclusive o Desconhecido, pareceram contar mentalmente as batidas. Quando estas cessaram, o homem do cravo disse em voz alta:

— Meia-noite! Essa menina já está abusando. Combinei tudo para as onze e meia.

O Desconhecido — que já agora olhava para o comendador com certa hostilidade — soergueu-se um pouco na poltrona e murmurou:

— Ela não vem.

O mestre encarou-o.

— Por que não há de vir?

— Porque não.

— Não diga asneiras. Você nada sabe deste assunto.

— Ela não vem!

Nem ele mesmo sabia ao certo por que pronunciava aquelas palavras, por que não guardava para si mesmo aqueles pensamentos absurdos. Em sua mente uma moça estava reclinada sobre o berço onde dormia um menino. E — curioso! — o menino era ele, e a moça, sua mãe. E agora tinha a impressão — e isso lhe dava um constrangimento, uma vergonha! — agora lhe parecia que sua mãe vinha àquela casa para dormir com o comendador... Ah, mas ele tinha a esperança de que ela não viesse. Sim, o homem de branco não permitiria o sacrilégio. O homem da gaitinha ia salvar sua mãe!

E como todos os olhares estivessem concentrados nele, o Desconhecido ergueu-se e ficou a andar pela sala, dum lado para outro, meio estonteado, as pernas doloridas. Acercou-se da janela, ergueu a guilhotina, pôs a cabeça para fora e respirou fundo, sentindo um cheiro de mato noturno. Procurou, mas em vão, por entre as árvores e sombras daquele jardim em ruínas o vulto do amigo. Um mosquito zumbiu perto de seu ouvido e ele lhe deu um tapa, que atingiu a própria orelha ferida. Soltou um gemido. Olhou para o céu: continuava nublado. As árvores imóveis, o ar estagnado. Do outro lado do estuário, em cuja superfície cintilavam as luzes vermelhas das boias, continuavam os relâmpagos. E agora o Desconhecido principiava a concentrar sua esperança na chuva. Se chovesse, tudo havia de melhorar: a dor de cabeça cessaria, a angústia que lhe comprimia o peito seria aliviada, aqueles dois homens horrendos que se haviam apoderado dele desapareceriam para sempre.

A madama aproximou-se.

— Feche essa janela, moço, senão a sala fica cheia de mosquitos. Chi! Olhe só como eles já estão entrando...

O Desconhecido tornou a baixar a guilhotina e voltou para a poltrona. O mestre desvelava-se em atenções para com o cliente, levando a conversa para assuntos que o pudessem interessar. E o problema do arroz? E a greve dos tecelões? O amigo acha que a crise do secretariado pode provocar a cisão do partido dominante?

O comendador, que agora bebia a limonada gelada que a dona da casa lhe trouxera, parecia mais conformado com a situação. Deu sua opinião com certa riqueza de detalhes, insinuando que estava bem ao corrente dos segredos da política porque era muito bem relacionado nas altas esferas oficiais e porque — isso cá para nós — "tenho amigos íntimos que me devem favores no Palácio do Governo".

O mestre escutava-o com exagerada atenção, sacudindo a cabeça. E quando o outro fez uma pausa, disse:

— Já se falou no seu nome para secretário da Fazenda, não foi, comendador?

O homem de negócios olhou reflexivamente para o copo.

— Bem, falou-se, é verdade. O jornal chegou a fazer um inquérito entre vários representantes das classes conservadoras, e todos, sem exceção, se manifestaram favoráveis à minha nomeação. Mas você sabe, interesses políticos...

Não terminou a frase. Consultou, preocupado o relógio.

— Meia-noite e quinze. Acho que ela não vem.

— Peço-lhe mais uns minutinhos de tolerância. Enfim, já que o senhor veio até aqui...

E para distrair o outro, puxou novo assunto:

— E o comunismo?

O comendador pareceu não ter ouvido a pergunta. Olhava com interesse para o Desconhecido.

— Que é que esse moço tem?

A madama aproximou-se do homem de gris, pôs-lhe maternalmente a mão no ombro e perguntou:

— Está sentindo alguma coisa? Está com dorzinha de cabeça?

Como ele fizesse um sinal afirmativo, ela foi buscar um comprimido de aspirina e um copo d'água. O Desconhecido engoliu o comprimido e bebeu um largo gole. O comendador continuou a observá-lo com desconfiança.

— Esse moço parece estar muito doente — murmurou.

O mestre tranquilizou-o com um sorriso, soprando-lhe ao ouvido:

— É que o rapaz começou a beber ao anoitecer e ainda não parou.

E imediatamente, para desviar a atenção do cliente, perguntou:

— E a guerra, comendador? Qual é a sua opinião: sai ou não sai?

— Tem de sair. As coisas não podem ficar no pé em que estão.

O homem da flor sacudiu a cabeça, num acordo, dizendo:

— A guerra é uma necessidade.

— Não digo que seja uma necessidade — retorquiu o homem de negócios —, mas que é *inevitável*, isso é.

O corcunda, que só interrompia o trabalho para tomar licor, ergueu a cabeça e perguntou:

— O senhor ganhou muito dinheiro com a última, não?

O comendador lançou-lhe um olhar de surpresa que se transformou logo em hostilidade:

— Isso não vem ao caso!

— Ganhou ou não ganhou? — insistiu o anão.

O Desconhecido olhava dum lado para outro. Meu Deus! — pensava — esta noite não tem mais fim...

— Todo o comércio ganhou — respondeu o comendador sem olhar para o homúnculo. — A indústria principalmente. E quem provocou a guerra não fomos nós. Lavo as mãos.

— Pois lave — sorriu o corcunda. — Lave em muitas águas.

O mestre fechou a cara.

— Cale a boca! — E suave, para o cliente: — Não dê atenção às palavras desse sujeito. É um despeitado.

O comendador tomou um prolongado gole de limonada, lambeu os lábios e ficou a olhar pensativamente para os cubos de gelo.

— Somos uma classe sacrificada — murmurou. — Impostos de todos os lados, contribuições decorrentes das leis sociais, e mais impostos e contínuos aumentos de salários! Temos um lucro mínimo a par de riscos fabulosos. No entanto somos o eterno alvo da má vontade das massas e o bode expiatório dos demagogos.

— Muito bem! — aplaudiu o mestre.

— Não somos nós quem provoca as guerras. As guerras são uma fatalidade histórica.

— O senhor tem filhos? — perguntou timidamente a dona da casa.

Ele ficou alguns segundos calado, como se não soubesse se devia ou não responder à pergunta. Por fim murmurou:

— Três rapazes.

— E não tem medo que eles morram na próxima guerra?

— Claro que tenho, minha senhora, mas já lhe disse que não sou eu o culpado dessas guerras!

Os olhos da madama turvaram-se.

— Perdi um sobrinho na última. Era mesmo que filho, criei o coitadinho desde pequeno. Está sepultado em terra estrangeira. Tinha dezenove anos. De que serviu o sacrifício? Já estão falando outra vez em guerra.

O corcunda ergueu vivamente a cabeça e exclamou:

— Bolas! Mais tarde ou mais cedo o rapaz tinha de morrer. De bala na guerra ou com o bucho aberto a navalha, numa briga de beco por causa duma ordinária qualquer...

A mulher interrompeu-o, indignada:

— O meu rapaz não era desses!

— Qual! São todos iguais. Uns crápulas.

— Nanico! — sibilou o mestre, ameaçador.

Mas o outro não se calou.

— São todos iguais. Uns sacanas. Feitos do mesmo barro. É melhor ter morte de homem, na linha de fogo, do que se acabar aos pouquinhos numa cama, velho e podre. Uns sacanas!

O comendador estava escandalizado.

— Cale a boca! — gritou o mestre. — Você está bêbedo.

— O que vocês querem — continuou o anão — é dançar minuete, jogar confete uns nos outros. Todo o mundo tem medo da verdade. Houve um silêncio. A madama enxugou uma lágrima. O Desconhecido olhava com rancor para o corcunda. Que estaria ele a rabiscar no papel? Um trovão prolongado fez vibrar a vidraça.

— Se levo esta vida — choramingou a mulher —, se tenho este negócio é porque preciso viver, não é que goste. Mas isso não é motivo para me faltarem com o respeito dentro da minha própria casa.

— Está bem, está bem — interveio o mestre, impaciente. — Pare de chorar. Comendador, desculpe a cena. Estou tão chocado quanto o senhor.

O comendador riscava uma letra com a ponta do dedo no copo embaciado. Parecia já não ter mais coragem de encarar quem quer que fosse. Consultava o relógio de minuto em minuto. O mestre começou a caminhar dum lado para outro.

O corcunda pôs-se de pé e acercou-se do homem de negócios.

— Quanto me dá por este retrato? — perguntou, pondo uma folha de papel diante dos olhos do outro.

O comendador olhou para o desenho e ficou perturbado. Suas orelhas se fizeram dum vermelho arroxeado.

— Não lhe dou coisíssima nenhuma!

O corcunda executou a paródia dum passo de minuete e tornou a falar:

— Se eu escrever aqui em que casa, a que horas e em que circunstâncias fiz este retrato, acho que qualquer jornal de escândalo me daria uma fortuna por esta folha de papel.

O comendador ergueu-se bruscamente.

— Isso é chantagem! — gritou, engasgado.

— Isto é negócio. E negócio tão honesto quanto os seus!

O homem do cravo avançou para o corcunda, arrebatou-lhe da mão o papel e rasgou-o em muitos pedaços, metendo-os no bolso num gesto resoluto. Depois enlaçou o anão pela cintura, ergueu-o e praticamente atirou-o em cima do sofá.

O homenzinho mostrava os dentes num sorriso maldoso. Sem tirar os olhos do comendador, resmungou:

— O meu consolo é que vocês capitalistas estão condenados. Entre a forca comunista e um enfarte do miocárdio, não há como fugir. É questão de tempo. Está claro que há alternativas... Podem ter um ataque de cabeça e caírem mortos em cima da escrivaninha ou da amante.

A madama olhava súplice para o mestre, como a pedir-lhe que fizesse o anão calar-se. Seus dedos não paravam de apalpar o crucifixo. O comendador ergueu-se.

— Não vim aqui para ser insultado. — Voltou-se para o corcunda.

— Se você fosse homem, eu lhe quebraria a cara. Mas não costumo maltratar os animais.

O anão saltou do sofá, lívido.

— Burgueses crápulas! Vocês acendem uma vela a Deus e outra ao diabo e acabam ficando sem Deus nem diabo. Os homens como eu pelo menos têm o diabo!

— Por que não telefona para a polícia? — continuou, enquanto o mestre tentava convencer o comendador a ficar, a não dar ouvidos àquele demônio. — Não é para isso que vocês pagam a polícia? Chame o delegado. Diga onde está. Numa casa de *rendez-vous* frequentada pela flor da burguesia. Telefone! Faça queixa ao arcebispo, chame o seu padre confessor para ele vir aqui me tirar o Cão do corpo!

O Desconhecido olhava do corcunda para o comendador, assombrado. A dor de cabeça diminuíra de intensidade, mas continuava o mal-estar, a sensação de abafamento, de agonia.

— Eu lhe suplico, comendador — disse o homem do cravo, segurando o braço do outro. — Não deite a perder a sua noite!

Naquele instante soou a campainha da porta.

— É ela — exclamou a madama, alvoroçada.

E precipitou-se para o corredor.

O comendador parecia indeciso. O ritmo de sua respiração acelerou-se.

— Será ela mesmo? — perguntou baixinho.

— Sem a menor dúvida.

Ele pigarreou. Via-se o sangue pulsar-lhe na jugular, e as orelhas continuavam da cor da púrpura.

— Onde é o quarto?

— Aqui embaixo. Discretíssimo. Com instalações sanitárias anexas, um primor; *quelque chose de magnifique!*

— Está bem. Vamos.

Quando a madama voltou acompanhada duma mulher, o comendador e o mestre haviam já deixado a sala. Ao ver a recém-chegada, o corcunda saltou da cadeira e o Desconhecido pôs-se a mirá-la com uma fixidez pasmada, como se jamais houvesse visto uma fêmea em toda a sua vida. Era uma rapariga muito nova, estava metida num costume de linho azul-celeste. Ao lado da madama, parecia alta. O rosto era oval, a pele trigueira, os cabelos escuros, os olhos claros, a boca polpuda, os ombros largos, as ancas escorridas, as pernas esbeltas. Ao ver os dois homens, teve um leve sobressalto, que se traduziu num franzir de testa e num piscar de olhos. A dona da casa encorajou-a:

— São amigos, gente muito distinta.

O corcunda fez uma mesura, a rapariga lançou-lhe um olhar tocado de temor, mas como ele continuasse a fazer piruetas, passou a encará-lo como a um cachorro sarnento, com uma mistura de piedade e repugnância. Voltou a cabeça e sorriu para o Desconhecido, que não tirava os olhos dela, pensando agora na mulher esfaqueada. "Meu Deus", balbuciou, "não pode ser, não pode ser." De novo voltou-lhe todo o horror daquela suspeita. Teve ímpetos de gritar para a moça de azul-celeste: "Não entre naquele quarto, por amor de Deus, não entre! Vai ser assassinada!".

Sabia tudo, previa tudo. Aquilo já havia acontecido antes, numa outra noite, numa outra vida. Uma mulher em cima duma cama, toda lavada em sangue — o sangue de sua mãe, o sangue de sua mulher, o sangue daquela moça, o sangue de todas as mulheres...

Suas mãos tremiam e a custo ele conseguia reprimir o choro.

A recém-chegada contemplava-o, intrigada, sem dar ouvidos à dona da casa, que queria levá-la para o quarto. Apareceu então o homem do cravo.

— Ah! — exclamou, correndo para a rapariga e beijando-lhe a mão. — *Leva-me tu, correremos após ti. O rei me introduziu nas suas recâmaras; em ti nos regozijaremos e nos alegraremos; do teu amor nos lembraremos, mais do que do vinho: os retos te amam.* — Recuou dois passos para contemplar melhor a rapariga e declarou: — *Eu sou morena, mas agradável às filhas de Jerusalém, como as tendas de Kedar, como as cortinas de Salomão.*

Ela sorria, acanhada, sem dizer palavra.

— O comendador está alvoroçado como um rapazinho na sua primeira noite nupcial! Madama, leve a noiva!

— Não! — gritou o Desconhecido, pondo-se de pé.

A moça teve uma hesitação. O mestre, porém, fez um sinal para que elas se fossem. As mulheres obedeceram.

— E por que não? — perguntou, aproximando-se do homem de

75

gris e encarando-o num desafio. — Será que meu caro assassino virou moralista?

O outro teve gana de arrancar das órbitas aqueles olhos de vidro verde. O corcunda estava atirado sobre o sofá, dando socos numa almofada e rosnando:

— Não me conformo com a ideia de que esse burguês estúpido vai dormir com a menina.

O homem da flor vermelha sentou-se, acendeu um novo cigarro e ficou por alguns instantes a fumar em digna calma. A madama voltou e atravessou a sala em passinhos rápidos, numa excitação de alcoviteira bem-sucedida.

— Vou lá em cima ver se os outros estão precisando de alguma coisa.

O Desconhecido olhava perdidamente para a porta por onde havia saído a moça de azul-celeste.

— Tive uma ideia — disse o mestre.

Ergueu-se, segurou as lapelas do casaco do homem de gris e perguntou:

— Gostou da pequena?

Teve de repetir três vezes a pergunta e sacudir o outro para obter uma resposta.

— Gostei.

— Então me dê uma nota de quinhentos e eu deixarei você espiar o que está se passando no quarto...

O primeiro impulso do Desconhecido foi o de esbofetear o cáften. Começou depois a sacudir vigorosamente a cabeça, dum lado para outro, fazendo que não, não, não!

— Imbecil! — exclamou o corcunda. — Vai então perder a oportunidade de ver a belezinha completamente nua? Nua e no ato do amor?

Na mente do Desconhecido a moça de azul-celeste estava toda despida. Mas ele continuava a fazer que não com a cabeça, ao mesmo tempo que um desejo de mulher, daquela mulher lhe ia tomando conta das carnes doloridas, das carnes suadas, das carnes escaldantes.

— Quinhentos — repetiu o mestre. — Sei dum lugar donde você poderá espiar a cena sem ser visto, com toda a segurança. Um espetáculo inesquecível. A grande atração da noite. Quinhentos. É de graça.

O coração do Desconhecido batia acelerado. Suas têmporas, o corpo inteiro agora latejava de desejo, mas dum desejo que o envergonhava, dum desejo sujo e meio incestuoso.

— Resolva, homem!

Ele baixou a cabeça, murmurando:

— Está bem.

Entregou a carteira ao mestre, que tirou dela uma cédula de quinhentos.

— Vamos — ciciou o homem do cravo.

Tomou carinhosamente o braço do outro e puxou-o para fora da sala. O corcunda seguiu-os com os olhos brilhantes.

Estavam de novo dentro dum táxi, rumo do centro da cidade. Continuavam os relâmpagos do outro lado do lago. O corcunda achava-se enovelado sobre o banco dianteiro, junto do chofer, a cabeça atirada para trás, o chapéu puxado sobre o rosto.

O Desconhecido cerrou os olhos. A seu lado o mestre fumava e recitava com ar sonhador trechos do "Cântico dos cânticos".

— *Pomba minha, que andas pelas fendas das penhas, no oculto das ladeiras, mostra-me a tua face, faze-me ouvir a tua voz, porque a tua voz é doce, e a tua face aprazível.*

Um trovão ribombou longe. O Desconhecido sentiu-o dentro do peito.

— *O teu pescoço é como a torre de Davi, edificada para pendurar armas: mil escudos pendem dela, todos broquéis de valores. Os teus peitos são como dois filhos gêmeos da gazela, que se apascentava entre os lírios.*

De repente, mudando de tom, inclinou-se para a frente e bateu no ombro do corcunda.

— Sabe, nanico, que tenho uma nova teoria sobre o nosso convidado?

O anão resmungou algo inaudível.

— Pois estou quase a me convencer de que ele na realidade perdeu a memória. Porque ninguém pode dissimular tão bem por tanto tempo a não ser que seja um grande ator.

— Ou um grande pateta...

— Outra hipótese aceitável.

— E em que ficamos?

O mestre levou algum tempo para responder. Lançou um olhar oblíquo para o Desconhecido.

— Não sei ainda. Vamos esperar. Só agora é que a noite está entrando na maturidade. Uma da madrugada! Antes de nascer o sol temos que dar um destino ao nosso companheiro...

— E à sua alma, que está no bolso interno esquerdo do paletó — disse a voz de araponga.

O homem do cravo atirou o cigarro pela janela do carro e continuou a recitar em surdina:

— *Formosa és, amiga minha, como Tirza, aprazível como Jerusalém, formidável como um exército com bandeiras.*

O Desconhecido recostou a cabeça no respaldo do banco e ficou ouvindo a voz do homem da flor — *vejamos se florescem as vides* — o chiar das rodas — *se já brotam as romeiras* — viu uma grande estepe cinzenta e deserta onde ele buscava aflito a estrada e por mais que olhasse só via atrás de si uma parede e à frente e dos lados a planura a perder de vista e agora sobre a areia diante dele caminhava uma sombra sem corpo e seu próprio corpo não tinha sombra e ele sentia a angústia de ter perdido a sombra e a sombra sem corpo tinha os contornos duma mulher mas talvez seja a minha própria sombra e quando eu me juntar com ela tudo vai ficar bem de novo e passará a sede esta aflição porque sofro de caminhar nas areias de fogo e agora lá está no meio da estepe uma essa um defunto uma vela imensa ardente e ereta latejante uma mosca a sombra da mosca a moça dona da sombra debruçada sobre o caixão de defunto o berço com uma criança a mosca na cara da criança agora a mulher caminhando com sua sombra e a vela na mão e não sabendo do precipício e ele queria gritar não vá! e não tendo voz e a moça sem nome deixando na areia rastro de sangue escorrendo das entranhas, fonte, ele queria beber sede! sede! a moça a sombra caminhavam para o precipício e de repente ele se lembrou do nome, ia gritar...

Acordou sobressaltado e ficou de olhos piscos e turvos a olhar para todos os lados. O auto havia parado. O mestre empurrou-o mansamente para a porta.

— Desça.

Ele obedeceu. Saltaram os três para a calçada. Estavam à frente dum vasto edifício de dois andares, que ocupava quase todo o quarteirão. Na fachada, grandes letras luminosas: *Hospital do Pronto-Socorro.*

— Ideias do nanico — explicou o mestre, enquanto o corcunda despachava o táxi. — Rara é a noite em que ele não vem fazer sua visitinha ao P. S. Somos amigos desses médicos que fazem plantão noturno. Belos rapazes! O nanico fica às vezes num canto a desenhar as caras...

O corcunda, que se aproximara, ajuntou:

78

— Tenho cadernos e cadernos cheios de retratos dos desesperados que aparecem no P. S. Um dia ainda hei de fazer uma exposição dos retratos dos habitantes da noite: cocainômanos, morfinômanos, fumadores de maconha, ébrios, doidos, possessos.

O mestre inclinou-se para o homem de gris:

— O nanico é um esteta. Concordo que seu gosto seja um tanto sombrio, digamos um tanto mórbido... Os médicos acham que ele é um sádico. Opiniões. Mas vamos entrar, amigos.

Penetraram num vasto saguão circular, de paredes brancas e chão de mosaico verde. Por trás do balcão da portaria um funcionário cochilava, debruçado sobre a escrivaninha. Ao ouvir vozes ergueu a cabeça, abriu os olhos e, avistando o corcunda, fez-lhe um aceno amistoso.

— Vamos ver quem está de chefe do plantão — disse o homenzinho embarafustando pelo corredor e entrando na primeira porta à direita.

Ouviram-se exclamações efusivas. O corcunda tornou a aparecer e fez sinais para os outros.

— Venham! É gente nossa. Veja, mestre, quem está comandando o hospital.

O homem da flor segurou o braço do Desconhecido e arrastou-o consigo. Entraram numa sala também branca, de paredes nuas, onde havia uma escrivaninha com um telefone, um sofá e duas poltronas de couro negro. No centro do compartimento um homem alto e magro, ainda jovem, metido num avental branco, abriu os braços:

— Os corujões da noite! — exclamou.

O mestre abraçou-o afetuosamente, dando-lhe palmadas nas costas. Depois mostrou o homem de gris:

— Um amigo.

O médico apertou a mão do Desconhecido — "Muito prazer!" — convidou-o a sentar-se e o outro se sentou sem dizer palavra.

O hospital como que ganhou vida de repente. Passaram pelo corredor vultos brancos, em marcha acelerada. Ouviam-se vozes confusas. De súbito uma sirena começou a soar, muito próxima, e seu gemido pareceu encher o hospital, a rua, a cidade, a noite, e depois foi enfraquecendo aos poucos até sumir-se por completo. Só então é que o corcunda falou:

— Isso é mesmo que música para os meus ouvidos — disse. — Não há nada mais sugestivo que o som dessa sirena.

O médico lançou um olhar divertido para o anão. Tirou do bolso a cigarreira, abriu-a e ofereceu um cigarro ao mestre, que aceitou. O Desconhecido recusou com um menear de cabeça.

— Ainda vou fazer um estudo psiquiátrico dessa ave noturna — disse o doutor, acendendo jovialmente os cigarros.

O nanico encolheu os ombros e o mestre desconversou:

— Como vai a noite? Morta?

— Qual! Uma das mais movimentadas. Há pouco entraram as vítimas dum desastre de automóvel. Duas morreram. Tenho aqui um rapaz com fratura na base do crânio, provavelmente um caso perdido. E dois sujeitos com ferimentos leves, mas em estado de choque.

O corcunda estava desinquieto. De novo se ouviu o gemido da sirena, primeiro longínquo, depois mais forte e finalmente com uma intensidade tão grande que era como se a ambulância estivesse dentro do hospital. O anão correu para a janela.

— Estão tirando uma padiola... Que será?

Segundos depois entrou na sala outro médico, ainda mais jovem que o primeiro, com um papel na mão. Aproximou-se do chefe do plantão, dizendo:

— Acidente.

— Grave?

— Fratura exposta do fêmur.

Ficaram a confabular por alguns segundos, ao cabo dos quais o médico mais moço se retirou. O corcunda coçava freneticamente a cabeça, parecia não achar sossego. Postou-se na frente do chefe do plantão:

— Posso ir dar uma olhada por aí? — perguntou.

O outro soltou uma baforada fleumática, olhou demoradamente para a face do anão, antes de responder, e por fim, com um sorriso malicioso, concordou:

— Vá. Mas seja discreto, porque essas suas travessuras ainda me podem custar muito caro.

Depois que o homúnculo saiu, ele se voltou para o mestre, que fumava placidamente, sentado numa das poltronas:

— Seu amigo é um tratado completo de Psicologia Patológica.

— Mas quem não é patológico?

— Bom...

O médico sentou-se na beira da mesa e ficou a balançar uma das pernas como um pêndulo, e a olhar reflexivamente para o interlocutor.

— Bom — repetiu —, se levamos a coisa para esse lado...

Teve outra hesitação, depois seus olhos fitaram o Desconhecido.

— Tenho a impressão de que conheço o senhor...

O homem de gris mirava-o com olhar vazio.

— Não acredito — interveio o mestre. — O meu amigo é de fora e esta é a sua primeira visita à nossa cidade.

O médico pareceu não aceitar a explicação, mas, mudando de assunto, entrou a contar algumas de suas peripécias no Pronto-Socorro.

— Tenho material para um livro de arrepiar o cabelo! — exclamou, rematando a narrativa.

— Não duvido — disse o homem da flor. E, voltando-se para o Desconhecido, explicou: — O doutor também escreve. Já publicou um livro de versos.

O chefe do plantão deu um tapa no ar.

— Isso é perfumaria, comparado com o que será esse livro sobre minhas atividades no P.S.

Pôs-se de pé, tirou um lenço do bolso e passou-o longamente pela face.

— O que uma noite encerra de mistério e miséria! — exclamou, olhando para o teto.

— Quer dizer a mim? — sorriu o homem do cravo.

— A história secreta da cidade devia ser escrita do ângulo do Pronto-Socorro.

— Espere as minhas memórias, ilustradas pelo nanico...

O médico ergueu o fone, discou um número e disse:

— Alô! Traga três cafezinhos aqui na minha sala. Olhe, nada de requentado, está ouvindo?

Repôs o fone no lugar.

— Estamos tomando o seu tempo, doutor?

— Qual! Dou graças quando aparece alguém para uma prosinha. A noite é muito comprida.

— Nem tanto.

O Desconhecido estava atento aos ruídos do hospital. Pareceu-lhe ouvir gemidos distantes, vozes lamuriantes, sonidos metálicos. De vez em quando chegava-lhe aos ouvidos a zoada dum elevador. Remexeu-se na poltrona e sentiu que o casaco se colava ao respaldo.

— Enquanto a maioria da população dorme, quanta coisa acontece! — disse o médico. — Nos dias abafados como o de hoje, quando a atmosfera está carregada de eletricidade, o que temos mais aqui são casos de insuficiência cardíaca, acidentes cerebrais, desastres de automóvel e principalmente gente atropelada nas ruas. Ah! E insolações. E suicídios. Suicídios de toda a espécie, uns trágicos, outros grotescos.

Mexeu nos papéis que estavam sobre a mesa, leu-os rapidamente e tornou a olhar para o mestre:

— Já atendemos hoje cinco casos de suicídio. Dois foram fatais. Três pacientes se salvaram e parece que não querem mais morrer. — Lançou outro olhar para os papéis. — Um tomou cianureto e outro arsênico. *Kaput*! Uma mulher de sessenta anos meteu-se num banho quente e cortou as veias do pulso com uma navalha. É uma judia imigrada, uma neurótica com mania de perseguição, um caso triste. Vocês já imaginaram o espetáculo? Uma velha magra, feia e nua esvaindo-se em sangue dentro duma banheira de pensão barata? O outro caso foi o... — interrompeu-se para fazer uma ressalva. — Não estou quebrando o segredo profissional porque não revelo nomes...

O mestre fez um gesto que absolvia o outro de qualquer pecado. O médico prosseguiu:

— O outro caso foi o dum comerciante que deu um tiro na boca. A bala felizmente em vez de ir para cima desviou-se para o lado, arrebentou-lhe alguns dentes e saiu pela face direita. Nada de grave. O homem entrou chorando como uma criança, pedindo que o salvassem.

Interrompeu a dissertação para apanhar a xícara que um enfermeiro lhe oferecia. O mestre tomou da sua e ficou a mexer o café com a colherinha, sem tirar os olhos do rosto do médico. O Desconhecido tomou o seu café num gole só, como quem se dessedenta.

— O caso mais horrível — prosseguiu o médico — foi o duma rapariga, uma criadinha, que despejou uma garrafa de querosene nas vestes e depois prendeu-lhes fogo. Está que é uma chaga viva, sofrendo horrores; mas temos esperança de salvá-la.

O mestre sacudiu a cabeça lentamente. Uma enfermeira entrou, aproximou-se do chefe do plantão e disse-lhe alguma coisa baixinho. O médico murmurou:

— Dê mais soro. Se houver alguma novidade, me chame.

A enfermeira retirou-se. O Desconhecido seguiu-a com os olhos.

— E esses acidentes de tráfego ou domésticos, enfartes, casos de ventre agudo, intoxicações alimentares, cólicas renais, etc... etc... etc... são apenas alguns dos muitos aspectos das misérias e dores da noite. Há outros. Os dramas psicológicos, os passionais, os vícios secretos... De vez em quando um médico de plantão entra sem esperar numa dessas tempestades domésticas e quando dá acordo de si está envolvido nela. É incrível a facilidade com que as pessoas abrem o coração para um médico, contando-lhe os seus mais íntimos segredos, inclusive e principalmente os de alcova.

Neste ponto seus olhos se fixaram de novo no Desconhecido.

— Engraçado. Sou capaz de jurar que já o encontrei antes.

— Não creio — sorriu o homem da flor.

— O senhor não frequenta o Country Club?

O Desconhecido sacudiu a cabeça negativamente.

Ouviu-se a sirena duma ambulância que chegava. E foi uma azáfama no corredor. Entrou um enfermeiro com uma papeleta na mão e ficou a um canto a conversar em voz baixa com o chefe do plantão. Quando o enfermeiro se retirou, o médico voltou-se para o amigo:

— Um homem encontrado caído numa sarjeta, com um ferimento de bala no peito. Parece que foi crime.

— Ah! — fez o mestre como quem se lembra de repente. — Por falar nisso, que me diz do crime do anoitecer?

— Qual deles? Houve mais de um.

— O da mulher encontrada morta na cama com ferimentos de faca... Não ouviu falar?

— Claro. Um dos meus rapazes atendeu esse caso.

— Conte lá!

— Não há muito a contar. Não foi possível fazer nada. A criatura estava morta.

O Desconhecido tinha os olhos fitos no médico.

— Foi um crime bárbaro — continuou o doutor. — Deve ter sido obra dum louco, pois a minha impressão é de que o assassino esfaqueou a vítima às cegas. Creio que havia uns oito, dez ou mais pontaços de faca no corpo da infeliz, principalmente nos seios e no baixo-ventre.

— Prenderam o criminoso?

— Creio que ainda não. A polícia está certa de que foi o marido, que desapareceu de casa.

— Mas não sabem quem é o homem? Não têm retrato dele?

O médico encolheu os ombros.

— A polícia deve ter.

O homem da flor sacudia lentamente a cabeça, batendo a cinza do cigarro.

— Essa história me interessa — disse — dum ponto de vista estritamente acadêmico. Tudo indica que foi um crime passional.

83

— Evidentemente. Não creio que tenha havido premeditação. Encontraram a faca debaixo da cama e o criminoso deixou suas impressões digitais por toda a casa, nos móveis, no cabo da arma e até nas paredes, onde ficaram marcas de seus dedos ensanguentados.

O Desconhecido baixou disfarçadamente o olhar para as próprias mãos.

— Sendo assim, é de admirar que a polícia ainda não tenha agarrado o homem.

— A cidade é muito grande, meu caro.

O mestre esmagou a ponta do cigarro no cinzeiro.

— Diga-me uma coisa, doutor. É possível um homem cometer um crime e em seguida perder a memória a ponto de não se lembrar mais do que ficou para trás, não saber quem é, onde mora, etc... etc...?

— Claro que é. Conheço muitos casos. O choque os projeta no que em psiquiatria chamamos de *estado segundo*.

— Interessante. Interessantíssimo!

O Desconhecido olhava intensamente para o mestre, pensando no lenço ensanguentado que ele tinha no bolso. Passou a manga do casaco pela testa. Um pingo de suor entrou-lhe no olho, que ficou ardendo.

Naquele instante o corcunda voltou à sala.

— Então? — perguntou o médico.

O homúnculo estava sério.

— Muito instrutivo — disse. — Uma noite edificante.

O chefe do plantão lançou um olhar para o relógio:

— Uma e vinte e cinco. Muita coisa ainda pode acontecer antes de raiar o dia.

O mestre ergueu-se e pegou a deixa.

— É nessa esperança que nos retiramos, doutor.

— Mas é tão cedo...

— Temos de dar ainda umas voltas. — Olhou para o homem de gris. — Preciso mostrar ao nosso turista alguns pontos curiosos da vida noturna da cidade.

O Desconhecido, que também se erguera, olhava através da janela para o negro céu, que repetidos relâmpagos clareavam. O homem do cravo vermelho apertou a mão do médico.

— Muito obrigado pela sua hospitalidade e pela esplêndida lição.

— Ora!

O Desconhecido estendeu silenciosamente a mão para o homem de avental branco, que o encarou firme.

— Não tenho a menor dúvida. Eu já vi o senhor em alguma parte. Aposto como foi mesmo no Country Club. No bar... Não esteve lá sábado passado, na festa hípica?

O mestre soltou uma risada.

— Meu caro doutor, já lhe disse que esse cavalheiro chegou ontem da Capital Federal e nunca botou os pés no nosso Country Club.

— É engraçado, eu era capaz de jurar.

Apertou a mão do corcunda, que lhe disse com ar jovial:

— Mandem fazer o caixão para a menina que prendeu fogo nas vestes. — Ergueu o olhar para o relógio: — Tome nota do que vou lhe dizer. Ela morrerá quando faltar um quarto para as três.

O médico sorriu:

— Se eu fosse supersticioso ficaria apreensivo com o que você acaba de dizer.

O corcunda parou no vão da porta.

— Quer que eu lhe diga o ano, o dia e a hora exata em que *você* vai morrer?

O médico sorriu amarelo.

— Não. Muito obrigado. Mesmo que você soubesse, *eu* não gostaria de saber.

Do corredor o Desconhecido contemplava-os taciturno.

Caminhavam por uma rua deserta, na direção dum letreiro luminoso. O mestre explicava ao homem de gris:

— Você vai conhecer agora uma espelunca interessante, uma *boîte de nuit* de terceira ou quarta classe. O proprietário é um dos homossexuais mais antigos da cidade. Um veterano ou, melhor dito, um clássico. O nanico quer divertir-se numa casa onde haja mulheres, música e bebida, tudo isso temperado com uma pitada de sordidez. Não vejo melhor lugar que o cabaré do Vaga-Lume.

Pararam diante duma casa velha, por cima de cuja porta havia um letreiro de neônio verde imitando cursivo: *Ao Vaga-Lume.*

— Não é um nome convidativo? — perguntou o mestre, apertando o braço do Desconhecido.

O corcunda estava encostado a um poste, de cabeça baixa. Longe, na boca da rua, o céu foi repentinamente iluminado por um relâmpago.

— Vamos, nanico!

O homenzinho aproximou-se dos amigos, assobiando, e empurrou a porta do cabaré. Antes de entrar, o Desconhecido vislumbrou um vulto branco na calçada deserta. Seguiu os companheiros sorrindo. Atravessaram um curto corredor mal alumiado, onde guirlandas de papel verde pendiam do teto, e, afastando uma cortina dum amarelo berrante de bandeira, entraram no salão principal.

Quase todas as mesas em torno da pequena pista circular estavam ocupadas por homens e mulheres, muitos dos quais dançavam languidamente ao som do arrastado e gemebundo *blue* que a orquestra — piano, clarineta, pistão, contrabaixo e bateria — tocava com uma estridência que parecia aumentar o calor daquele ambiente opressivo. Tocos de vela ardiam, metidos nos gargalos de garrafas, sobre a toalha xadrez das mesas. O ar estava saturado da fumaça dos cigarros, dum bafio de álcool e do calor daqueles corpos em combustão. Nas paredes caiadas viam-se, desenhadas a carvão, figuras de mulheres semidespidas ou completamente nuas, com legendas ambíguas. "Obra do nanico em muitas noites", explicou o mestre. A um canto do salão um grande ventilador girava e zumbia, sem contudo conseguir amenizar a temperatura.

Um garçom conduziu o mestre e os amigos para uma mesa afastada da orquestra. Sentaram-se. O Desconhecido olhava em torno, em busca duma janela e, como não encontrasse nenhuma, começou a ficar angustiado. A dor de cabeça cessara, mas as mãos lhe tremiam um pouco e o vazio do cérebro perdurava.

O corcunda fazia gestos e soltava gritos para os conhecidos que avistava na pista a dançar ou sentados às mesas. O mestre tocou no braço do homem de gris e dirigiu-lhe o olhar para uma pequena mesa circular ao pé do estrado da orquestra.

— Aquele é o Vaga-Lume.

A luz duma vela batia em cheio no rosto do proprietário do cabaré — um rosto envelhecido, com fundas rugas que partiam das aletas do nariz e desciam até o queixo pelos lados duma boca polpuda e obscenamente sugestiva. E o que havia de mais horrível naquela cara é que ela estava pintada, tinha ruge nas faces, batom nos lábios, rímel nos cílios que piscavam sobre os olhos agrandados pela beladona. Na cabeça em forma de pera negrejava um chinó de seda. O homem sorria para os clientes um largo sorriso de dentes postiços.

O mestre fez com a mão um sinal para o Vaga-Lume, que respondeu com um aceno de cabeça. Seus olhos cintilaram. A testa se pregueou em inúmeras rugas. Seus ombros moveram-se num trejeito faceiro e de novo seu olhar se perdeu na serena contemplação dos dançarinos.

— É um encanto de criatura — comentou o mestre. — Um benemérito, o mártir duma causa condenada. Por que não erguem estátuas a heróis dessa espécie? Por que só glorificam e perpetuam o nome de santos, generais, cientistas, escritores, estadistas, educadores? E por que não considerar também o Vaga-Lume um educador... à sua maneira?

O Desconhecido escutava as palavras do homem do cravo vermelho, mas continuava a olhar para o proprietário, cuja imagem de quando em quando era ocultada por algum par que passava.

— Quando eu ficar velho e tiver vagares — declarou o homem do cravo — acho que vou escrever a biografia do Vaga-Lume, tentar a sua reabilitação perante a sociedade. Será um nobre empreendimento. Um dia as façanhas desse invertido farão parte do folclore local.

O garçom esperava junto da mesa, perfilado como um soldado. Quando o mestre se calou, ele fez uma curvatura respeitosa e perguntou:

— Que desejam?

Tinha uma voz efeminada e levemente trêmula.

— Mulheres! — gritou o corcunda. — Antes de tudo, mulheres. Depois, bebidas.

— Quais são as pequenas que estão livres? — indagou o mestre.

— A Ruiva e o Passarinho indagorinha entraram para a toalete. Não sei se estão esperando alguém, mas acho que não.

O mestre fez um gesto aéreo que traduzia a sua indiferença quanto àquele assunto.

— Pois convide essas duas meninas a virem para cá. — Aproximou os lábios do ouvido do Desconhecido e acrescentou: — Belas raparigas. Pegue a Ruiva, que é uma mulher substancial. Pegue porque vale a pena. O Passarinho é muito franzino e tem pouca experiência. De resto, para ficar com ela você teria de bater-se em duelo com o nanico...

O garçom se foi, pisando em ovos, rumo da toalete das mulheres. O mestre fez um gesto que abrangia o salão:

— Veja essa gente — disse. — Aqui temos de tudo. Moços e velhos, casados e solteiros. Filhos de famílias da alta burguesia e empregadinhos do comércio. Está vendo aquela rapariga bonita, de olhos grandes e pinta na face? É duma boa família. Classe média, o pai é aposentado. Ela é empregada pública e ganha pouco. É de noite que faz mais dinheiro. De manhã, naturalmente dorme. Tem um noivo, rapaz do interior, creio que fazendeiro. Vão casar o mês que vem. Alô, meu bem! A moça da pinta na face fazia-lhe um sinal amistoso.

— Eu sei da vida dela porque a menina é minha cliente. Gosta do tipo? Pois se você não estivesse metido nesse embrulho, eu lhe podia arranjar um encontro... Pelo que vejo ela hoje já está comprometida. O cavalheiro que dança com ela também é meu freguês.

O Desconhecido seguia os movimentos das ancas da moça.

— Agora observe o velho que está naquela mesa à nossa frente — murmurou o mestre. — Setenta anos, tem netos e bisnetos, passa as noites nestas boates vagabundas às voltas com raparigas. E note uma coisa: só quer meninas de vinte anos para baixo. Gasta horrores com elas.

O Desconhecido contemplava o velho de rosto rosado, olhos líquidos e cabeça completamente branca.

— Ah! — fez o mestre. — Está vendo o rapaz de olhar mortiço, com ar de bêbedo na mesa seguinte? O pálido e magro... Sabe por que é que ele está assim? Não é uísque nem gin. É *maconha*. A polícia desconfia que o Vaga-Lume vende maconha. É uma injustiça. Ah! Por falar nisso, aí está um negócio para dar muito dinheiro: venda de entorpecentes. É coisa que depende de tato, contatos... e peito.

No ar denso como um xarope, morreram as últimas notas do *blue*. E a orquestra, quase sem pausa, rompeu numa melodia de ritmo rápido e sacudido. Alguns dos pares voltaram para suas mesas, deixando a pista livre para três duplas jovens que, sob aclamações, se atiraram num furioso, desconjuntado e quase acrobático suingue.

— Esses meninos — explicou o mestre — são *habitués* da casa. O Vaga-Lume dá-lhes bebidas de graça. Por assim dizer, fazem parte do show.

O proprietário contemplava os dançarinos com um sorriso paternal de orgulho. O Desconhecido olhava a cena, tomado dum subterrâneo temor. Os guinchos da clarineta varavam-lhe o cérebro como dardos. O clangor do pistão era como um clarão cegante que o obrigava a apertar os olhos.

— Uma nova forma de epilepsia — gritou-lhe o homem da flor ao ouvido. — Você já deve ter reparado como a mocidade de hoje se entrega desesperadamente à vida vertiginosa, à velocidade, à bebida, numa palavra: *à dissipação*, como diria um moralista. Qual a razão disso?

O homem de gris continuava a olhar para a pista, como que hipnotizado. O mestre bateu a cinza do cigarro, que caiu na toalha, e continuou:

— A minha teoria é que esses meninos, que são puro instinto, já que cada vez mais estudam e sabem menos, têm a intuição de que amanhã, antes de atingirem a maturidade, estarão de uniforme num campo de batalha matando meninos de outras nações e sendo mortos por eles. Nasceram exclusivamente para servirem de carne para canhão. Por isso têm de viver dobrado... Não acha tudo isso duma beleza arrasadora? Depois da Primeira Guerra falou-se da "geração perdida" saída das trincheiras... Mas de que trincheiras, de que guerra é esta geração desesperada? — Com um sinal de cabeça o mestre abrangeu todo o salão. Depois, quase encostando os lábios na orelha do seu prisioneiro, concluiu: — Tenho uma teoria fascinante. Esses rapazes são a geração perdida da *próxima guerra* na qual o comendador espera obter mais lucros extraordinários, mas que bem pode ser o fim dele, o de sua classe... o fim de tudo. Não é uma ideia consoladora?

O nanico voltou a cabeça para o homem do cravo e, apontando para os dançarinos, exclamou:

— Prefiro um candomblé. É mais autêntico. Isso aí é pura imitação.

O outro encolheu os ombros.

Os pares estavam ofegantes, o suor pingava-lhes dos rostos rubicundos. O clarinetista ergueu o instrumento para o teto e tirou dele uma nota prolongada e aguda, que lembrava o gemido duma sirena. O homem da bateria parecia um polvo a dar trabalho a todos os tentáculos. O calor aumentava. O Desconhecido procurava de novo uma janela. A música terminou com um rufar de tambores rematado por um tinir de pratos. Soaram aplausos. Os dançarinos voltaram sorridentes para suas mesas.

A moça de pinta no rosto sorria para o companheiro, que lhe beijava o ombro nu. Um homem corpulento, de cara apoplética, esqueceu a mulher que estava à sua frente para concentrar a atenção no bife com ovos que o garçom lhe trouxera.

A orquestra atacou um samba.

O mestre ergueu-se. Duas mulheres estavam agora diante dele. Uma alta, ruiva, de seios empinados e rosto de feições bem marcadas e agradáveis; a outra, baixa e franzina, os olhos tristes e grandes, de expressão virginal.

O homem da flor disse alguma coisa ao ouvido da Ruiva, mostrando o Desconhecido.

— Vão sentando, meninas.

O anão puxou o Passarinho pela mão e fê-lo sentar-se a seu lado. Acomodando-se entre o mestre e o Desconhecido, a Ruiva voltou-se para este último e pôs-se a examiná-lo com atenção. Ele não teve coragem de encará-la.

No outro lado da mesa, o corcunda segurava a mão do Passarinho e murmurava-lhe coisas, enquanto a rapariga o mirava com ar arisco.

A pista estava de novo cheia. O Vaga-Lume ergueu-se. Era um homem de estatura meã e vestia uma roupa de alpaca azul-elétrico. Trepou no estrado, disse qualquer coisa ao ouvido do pianista e depois saiu pela porta do fundo do salão.

A Ruiva perguntou ao Desconhecido:

— Não gosta de dançar?

Ele sacudiu a cabeça negativamente. Apanhou um pedaço de cera que pingara da vela e fez com ele uma bolota. Sentia, perturbado, o calor e o perfume que vinham do corpo da rapariga.

O corcunda dava fortes palmadas na mesa:

— Essa bebida vem ou não vem? Estou com a goela seca.

O garçom aproximou-se.

— Que querem beber, amigos? — perguntou o mestre, como um anfitrião.

— Champanha! — gritou o nanico.

— Grande ideia — concordou o homem da flor. E, voltando-se para o garçom, pediu: — Três garrafas de champanha francês. Bem gelado!

O rapaz rodopiou nos calcanhares e se foi em passo de balé. Voltou pouco depois e murmurou ao ouvido do mestre:

— O patrão diz que só manda o champanha se pagarem à vista... Para o senhor desculpar, mas a regra da casa é essa. Acontece que às vezes sai briga e... o senhor compreende, muita gente aproveita pra ir embora sem pagar.

O mestre respondeu em mímica que compreendia. Passou a mão por cima do ombro da Ruiva e bateu no braço do Desconhecido:

— Passe o dinheiro.

O homem de gris puxou a carteira do bolso e atirou-a sobre a mesa. Com um gesto majestoso, o mestre deu uma cédula de mil ao garçom.

— Vamos, depressa!

E devolveu a carteira ao outro.

— Vocês, meninas, querem comer alguma coisa?

A Ruiva declarou que havia jantado, não fazia muito. O Passarinho nem sequer ouviu o convite, porque o corcunda não a deixava em paz: apalpava-lhe os braços, as coxas, apertava-lhe as mãos. Ela lançava olhares súplices para a companheira, que encolhia os ombros, como quem diz: "Que é que vou fazer?".

Veio o champanha. O mestre meteu no bolso o troco que o garçom lhe entregou. As três garrafas foram abertas com espalhafato pelo corcunda. As rolhas saltaram, bateram no teto, caíram sobre as cabeças dos dançarinos. Encheram-se as taças.

— Beba! — disse o mestre ao Desconhecido.

Ele obedeceu. Estava com sede, tomou dum só gole todo o conteúdo da sua taça. A Ruiva começou a bebericar. O anão levou a taça aos lábios relutantes do Passarinho, como quem procura dar óleo de rícino a uma criança.

A orquestra entrou numa rumba. Por alguns instantes o Desconhecido seguiu as oscilações ritmadas das ancas da moça de pinta na face. Foi nesse instante que, por baixo da mesa, a Ruiva lhe segurou a mão. Ele teve um estremecimento agradável e apertou também os dedos da mulher. Ficaram assim de mãos dadas por algum tempo. Ele voltou a cabeça, e os olhos de ambos se encontraram. O mestre encheu de novo as taças. O Desconhecido tornou a beber com entusiasmo, mas em goles menos largos e mais espaçados. O corcunda beijava os braços magros da rapariguinha, que se encolhia toda, com uma expressão de repugnância. O mestre observava-os, divertindo-se.

O pistão fazia floreios em torno da melodia da rumba. O Vaga-Lume voltou à sala. Tinha mudado de roupa: trajava agora um terno de tropical cor-de-rosa. Aproximou-se da mesa do mestre e perguntou, esfregando as mãos:

— Estão todos satisfeitos?

Era linguinha e tinha a voz duma fluidez de pomada. O mestre respondeu-lhe que estavam satisfeitíssimos. Vinha do dono do cabaré uma ativa fragrância de água de lavanda. De perto, sua cara era ainda mais horrenda, pois por baixo da pintura podia-se perceber a pele dum cinzento flácido.

— Fiquem para o *show* — recomendou ele. — Temos um barítono que é um amor. E uma bailarina espanhola bem boazinha.

O homem do cravo garantiu-lhe que ficariam. O Vaga-Lume fez uma mesura e passou para outras mesas e outros fregueses.

O corcunda apoderara-se duma garrafa e estava quase a esvaziá-la. O Passarinho limitava-se a observá-lo num silêncio medroso.

A mão da Ruiva pousou, quente e macia, no joelho do Desconhecido, que a cobriu com a sua. Agora ele se sentia mais à vontade, podia olhar sem constrangimento para a companheira. Gostava das feições dela e em pensamentos sua mão aflita já andava a insinuar-se pelo vértice daquele decote, à procura da nudez dos seios.

— Como é o seu nome, bem? — murmurou ela.

— Não tenho nome — respondeu ele, sem saber ao certo por que dizia aquilo. Ela desatou a rir, como se tivesse achado muita graça na resposta.

O Desconhecido tornou a encher a taça e a levá-la sofregamente à boca. Apertou a coxa da Ruiva e sorriu para ela. Sentia-se tonto, mas duma tontura boa, aérea, borbulhante. Passou o braço sobre os ombros da companheira e apertou-a contra o peito. Tinha a impressão de que a sala andava à roda, como um carrossel. Como um carrossel...

Tornou a beber. E dali por diante tudo se lhe tornou confuso.

A música ergueu-o no ar, levou-o até o teto, e a vela acesa subiu com ele, a chama quase lhe queimava a ponta do nariz, e ele ficou a nadar naquele lago sombrio, como um peixe, e era bom mergulhar, tocar com os pés o fundo e de novo — upa! — serenamente subir, bater com a cabeça no teto e — eta eu! eta eu! — sem tomar respiração ficar debaixo d'água, peixe dançarino, fazendo piruetas, recebendo aplausos — eta eu! eta eu! — enquanto a música fazia vibrar a água do aquário — querem ver esta mágica? sei abrir a boca, mexer os pés, foca amestrada, comer peixes, equilibrar no focinho bolas de cera — e uma luz intensa — olha o automóvel! — varava a água, e um peixe negro começou a cantar, a cantar, e a água vibrava, e de novo as palmas — sai da frente, lá me vou! — e o peixe parado gritava, o aquário escureceu, um peixe-foca-homem, cego e tonto boiava agora sem ver nada, sem compreender nada, só entreouvindo a música amortecida, as vozes, os gritos, as palmas, as castanholas, as cascavéis, o peixe-fêmea, tudo tão longe, tão fraco — olé! olé! — inclusive a musiquinha do carrossel e a sirena da ambulância na rua a perder de vista, e o cavalinho baio a voar no céu amarelo, crinas ao vento, a voar, sem cavaleiro, e ele vendo o momento em que iam chocar-se entre as estrelas, mas não, o animal passou perto e ele saltou-lhe no lombo — eta eu!

— e estavam agora peixe e cavalo no carrossel no pico do mundo, ao som duma valsa, e os demônios o perseguiam e lhe atiravam pedras nas costas, e suas costas ressoavam como um tambor, e o cavalo baio voava sobre o polo Norte e ele sentia um frio na cabeça e o polo lá embaixo era uma toalha xadrez e ele não enxergava mais claro porque uma luz o cegava e mesmo agora — acorda! — a neve lhe queimava as pálpebras — vamos! — e os demônios o tinham agarrado e sacudiam, sacudiam, e lhe queriam entrar pela boca, mas ele apertava os lábios — beba! beba! — e riam, e a música estava mais forte — beba! — abriu a boca e bebeu aquele sangue amargo e quente, amargo e quente...

Uma verruma de gelo broqueava-lhe o tampo da cabeça, o sangue gelado lhe escorria pelas faces. Por que o torturavam daquela maneira? O mestre sacudia-o, sorrindo e dizendo: "Vamos, homem, abra os olhos!". O anão tirou do balde um cubo de gelo, mas o outro gritou "Agora chega!".

O Desconhecido levou a mão à coroa da cabeça e sentiu-a gelada e úmida. "Beba mais café, vamos!" De novo a voz macia do mestre. Ele obedeceu, as pálpebras pesadas; depois passou a mão pelo rosto gotejante e, fazendo um esforço, abriu mais os olhos. A orquestra continuava a tocar e os berros do pistão entravam-lhe pelos ouvidos, ameaçando partir-lhe as paredes do crânio.

A Ruiva enxugava-lhe os cabelos, a testa e as faces com um guardanapo. O corcunda soltava gargalhadas. A pista achava-se quase deserta. Algumas das velas tinham-se consumido por completo. As chamas das outras agonizavam. Apenas três mesas estavam ainda ocupadas. A uma delas o homem corpulento bocejava, segurando um pequeno espelho diante do qual a companheira passava batom nos lábios.

O Vaga-Lume estava no seu posto, envergando agora uma fatiota de linho esverdeado.

O homem da flor pousou a mão no ombro do Desconhecido:

— Você perdeu o *show*.

— Foi uma beleza, meu bem — garantiu-lhe a Ruiva.

O cravo da lapela do mestre havia perdido o viço: murchava, ia tomando aos poucos uma tonalidade de sangue coagulado.

— Três e quarenta e cinco. É hora de ir andando...

— Hora de ir para a cama — ciciou o corcunda, piscando o olho para o Passarinho. A rapariga encolheu-se e olhou para a amiga num mudo apelo.

Ergueram-se. O Vaga-Lume aproximou-se, apertou a mão dos três homens e desmanchou-se em agradecimentos. Voltassem! A casa era deles.

Saíram.

A rua estava completamente deserta. As lâmpadas davam a impressão de olhos cansados e insones. O Passarinho e o corcunda caminhavam à frente do grupo, de mãos dadas (a menina e o chimpanzé), e de vez em quando o homúnculo atirava os pés no ar, como a dançar um cancã. O mestre fumava e parecia absorto nos próprios pensamentos. O Desconhecido caminhava zonzo, sentindo a presença da Ruiva a seu lado, o braço dela enfiado no seu. Tinha a boca amarga, a cabeça voltara a doer-lhe e ia-lhe pelo corpo todo uma trêmula sensação de febre. Parecia-lhe que entre a pele e a roupa havia uma camada de goma-arábica. O que queria era atirar-se numa cama e dormir, dormir, dormir...

O corcunda estacou e empurrou o Passarinho contra uma parede, prendeu-lhe ambas as mãos com a manopla direita, enquanto com a esquerda procurava trazer até a altura de seus lábios os lábios da rapariga.

— Não! Não! — choramingava ela, negando-lhe a boca, sacudindo a cabeça dum lado para outro.

O anão atacava-a com a fúria dum animal em cio. Parado à beira da calçada o mestre contemplava a cena com ar imparcial. O Desconhecido sentiu um estremecimento sacudir o corpo da Ruiva.

Por fim o corcunda conseguiu trazer o rosto do Passarinho para junto do seu e beijou-lhe avidamente a boca. A menina, porém, de novo libertou a cabeça, soltou um gemido e começou a cuspir para os lados, com nojo. O anão ergueu a mão e deu-lhe uma bofetada.

Esmagar aquele ratão de esgoto, aquele animal repelente...

O Desconhecido começou a tremer, e todo o ódio, toda a repulsa que sentia pelo corcunda e que tivera de reprimir durante a noite inteira vieram à tona com tal força que ele se precipitou sobre o nanico, segurou-o pelos ombros, fê-lo voltar-se com um safanão, e pôs-se a bater-lhe na cara repetidamente, com as palmas e as costas da mão, e quanto mais batia no animal mais gana sentia de bater. E estava já procurando esganá-lo, quando o corcunda fincou-lhe as unhas na cara, à altura dos zigomas, e puxou-as ferozmente face abaixo. O Desconhecido sentiu uma dor dilacerante e soltou um gemido. Seu joelho

94

direito projetou-se contra o peito do anão, atirando-o de costas sobre a calçada. E ia saltar sobre o ratão para esmagá-lo com os tacos dos sapatos quando o homem da flor passou-lhe o braço em torno do pescoço, puxando-o para trás e cortando-lhe a respiração, ao mesmo tempo que vociferava: "Idiota! Idiota!".

O mestre largou o prisioneiro, cujo rosto sangrava, e deu-lhe duas rápidas bofetadas. Depois ficou a limpar num lenço as mãos respingadas de sangue.

O Desconhecido ofegava. As faces lhe ardiam e já agora ele não tinha mais forças para reagir, porque a expressão do rosto do outro, principalmente a daqueles olhos de ágata, o intimidava. E enquanto ele ali se deixava ficar inerte, de braços caídos, o corcunda, que se erguera, dava-lhe pontapés nas canelas, agarrava-se-lhe às pernas, procurando mordê-las. O mestre segurou o anão por baixo dos braços e ergueu-o. O homenzinho esperneava, gritava palavrões, cuspia. O Desconhecido continuou onde estava. Levou a mão as faces, retirou-as cheias de sangue e ficou tomado duma grande pena de si mesmo. Agora as lágrimas se misturavam com o sangue. Seu coração batia descompassado, a cabeça latejava-lhe de dor, mas ele sentia merecer tudo aquilo. Era um criminoso. Devia ser castigado.

Caminhou para as duas mulheres que estavam abraçadas sob uma lâmpada. A Ruiva tirou da bolsa um lenço e, choramingando também, começou a limpar-lhe o rosto muito de leve, enquanto balbuciava: "O pobre, o pobre!".

A rua estava ainda deserta. O letreiro de AoVaga-Lume apagou-se.

O mestre conseguira apaziguar o corcunda, que se achava agora a seu lado, silencioso e cabisbaixo.

— Está acabado! — disse. — Havia de ter graça que fôssemos parar todos na delegacia. Vocês dois portaram-se como verdadeiras crianças.

Tirou o lenço do bolso e tornou a limpar cuidadosamente os dedos. Acercou-se do Desconhecido e, entre ressentido e afetuoso, murmurou:

— Ingrato! Se não fôssemos seus amigos, já teríamos entregue você à polícia.

O homem de gris não respondeu.

— Não judiem com ele — pediu timidamente a Ruiva.

— Você não sabe o que está dizendo. Vamos embora.

Puseram-se de novo a andar. Na frente iam o mestre e o nanico, seguidos das duas mulheres. O Desconhecido deixara-se ficar um pouco para trás. Agora lhe vinha, intenso, o desejo de fugir. Sim, que era que o impedia de fugir e livrar-se de seus carcereiros? Podia deitar a correr naquela direção... Pediria proteção ao primeiro guarda que encontrasse. Não. Não podia fazer isso. Estava sendo procurado pela polícia. E por alguns instantes o quadro que teve na mente foi o duma mulher estendida na cama, toda coberta de sangue, o corpo espicaçado... A mulher tinha as feições da Ruiva. Ele havia assassinado a Ruiva. Quando? Ontem. Não! Amanhã. Santo Deus, não é possível, não é possível.

As faces ainda lhe sangravam e ele as limpava continuamente com as mangas do casaco.

Olhou para trás, como se alguém o tivesse chamado, e avistou um vulto... Não havia a menor dúvida, era o homem da gaitinha. Aproximava-se devagarinho, acompanhado dum bando de cachorros que, sacudindo as caudas, lhe cheiravam as alpargatas e saltavam, procurando lamber-lhe as mãos. O Desconhecido parou. Estou salvo — pensou —, estou salvo. Olhou para o grupo. A Ruiva, que também fizera alto, gritou-lhe: "Vem!".

Ele hesitou por um instante entre o homem de branco e a prostituta.

O mestre, porém, tinha voltado sobre os seus passos e agora estava junto dele:

— Que é que há? Não atrase a caravana, homem. Não percebeu ainda que a Ruiva está interessada em você?

Com um gesto paternal endireitou a gravata do outro, piscando o olho.

— O remédio é dormir com ela.

O Desconhecido lançou um olhar furtivo para o homem de branco. Estava ele agora recostado a um poste, cercado pelos seus vira-latas, que latiam esganiçadamente, quebrando o silêncio da noite.

— Que andará fazendo o idiota por aqui a estas horas? — murmurou o mestre.

A Ruiva acercou-se do Desconhecido, tomou-lhe do braço e, numa surdina caridosa cheia de promessas, convidou:

— Vem, amor.

Ele se deixou levar.

A casa onde a Ruiva e o Passarinho moravam ficava numa travessa sombria, de calçadas estreitas orladas de álamos. Era um velho prédio centenário, de fachada de azulejo, com três estátuas mutiladas sobre a platibanda. A Ruiva parecia excitada, pois custou-lhe acertar com o buraco da fechadura. O homem do cravo teve de acender o isqueiro para ajudá-la.

O corcunda, como um galo a cortejar a galinha, andava ao redor do Passarinho. A rapariga brincava nervosamente com a echarpe, enrolando-a e desenrolando-a no pulso.

Quando a porta se abriu, o mestre apressou-os:

— Vamos entrar antes que desabe o temporal.

Entraram. A Ruiva fechou a porta e pediu silêncio, pois havia gente dormindo no primeiro andar.

— Temos de subir no escuro — sussurrou ela. — A lâmpada da escada está queimada.

O mestre tornou a acender o isqueiro. O Desconhecido sentiu que lhe tomavam o braço. Não foi preciso olhar para saber quem era. Habituava-se à presença, ao perfume e ao calor da Ruiva, como se vivesse com ela havia muitos anos.

Começaram a subir. Por mais cuidado que tivessem, por mais leve que pisassem, não puderam evitar que a escada rangesse. O Desconhecido subia segurando o corrimão. Fazia um calor abafado e andava no ar um cheiro rançoso de cozinha. O mestre ia à frente, com o isqueiro erguido.

— São quinze degraus — murmurou a Ruiva.

Aquela voz tinha um som familiar aos ouvidos do homem de gris. Quantas vezes ela dissera aquilo durante a vida de casados? Quantas vezes haviam ambos subido aquela escada no escuro, lado a lado?

— Estás ensopado, meu bem.

Ele continuou calado. Não era a primeira vez que ela lhe dizia aquelas palavras. E haveria outras vezes, muitas outras, se ela não morresse, se ela não fosse esfaqueada...

O mestre tinha chegado ao patamar, lá em cima, e erguia o isqueiro dum lado para outro, procurando.

— A chave da luz está do outro lado — avisou a Ruiva.

O homem da flor não tardou em achá-la. Um clarão iluminou o patamar. Por fim ficaram todos reunidos sob a lâmpada nua que pendia do teto, na ponta dum fio negro de moscas. Entreolhavam-se como a perguntar: "E agora?".

— Onde é o seu quarto? — indagou o mestre.

A Ruiva aproximou-se duma porta, meteu a chave na fechadura e abriu-a. O magro espiou rapidamente para dentro.

— O Passarinho onde dorme?

— Aqui ao lado.

— Esplêndido — murmurou o mestre. — Feito sob medida.

Olhou para o anão:

— Nanico, você fica ou vai comigo?

— Ora, chefe, que pergunta!

Fez um sinal na direção da rapariguita, que estava encostada à parede, com a chave do quarto na mão.

O homem da flor sorriu.

— Então, que é que estão esperando?

O homúnculo arrebatou a chave dos dedos do Passarinho, abriu a porta do quarto e, agarrando a criatura pelo pulso, arrastou-a consigo.

O mestre foi empurrando o Desconhecido e a Ruiva para dentro do outro quarto. Era uma peça pequena, de paredes brancas, com uma cama de casal, um penteador de espelho circular, uma pia, um guarda-roupa de pinho e uma cadeira. O soalho era nu e triste, e numa de suas largas tábuas via-se a mancha negra deixada por um ferro de passar.

O mestre caminhou até a janela, ergueu a guilhotina, olhou para fora e depois voltou-se, murmurando: "Esplêndido, *comme il faut!*".

Postou-se à frente do Desconhecido:

— Ainda não sei ao certo que fazer com você. Preciso sair e estabelecer uns contatos... Ruiva, tome conta dele. Dispam-se, deitem-se, amem-se, divirtam-se, que a noite já se aproxima do fim.

Olhou o relógio.

— Quase quatro. Ah! A minha comissão é módica. Passe uma nota de quinhentos.

O homem de gris entregou-lhe uma vez mais a carteira. Com dedos escrupulosos o mestre tirou dela uma cédula, ergueu-a à altura dos olhos do outro, como um prestidigitador a provar ao público que seu trabalho é limpo.

A cabeça do corcunda apontou no vão da porta:

— Mestre, e se nosso homem foge antes do amanhecer?

O magro encolheu os ombros:

— Que importa? Ele há de voltar... Esta não será sua última noite.

— Amém — disse o anão.

E sumiu-se.

Num gesto rápido o mestre meteu no bolso do Desconhecido o lenço manchado de sangue:

— Um suvenir...

E, antes de sair, puxando o outro para junto da porta, segredou:

— Tome cuidado. O impulso pode repetir-se. Assassinar duas mulheres no mesmo dia não deixa de ser um exagero...

Parado no meio do quarto, o Desconhecido ouviu o estalido do trinco da porta, depois o rumor dos passos do outro no corredor e finalmente nos degraus. Passou os dedos de leve nas feridas do rosto, encaminhou-se para o espelho da pia, mas a meio caminho estacou, hesitante. Fez meia-volta e, vendo a cadeira, sentou-se pesadamente.

Um trovão sacudiu as vidraças. A Ruiva começou a despir-se devagarinho, com gestos cansados. Primeiro tirou o colar, o relógio-pulseira, os anéis, e pô-los sobre a mesinha do toucador. Depois descalçou os sapatos dourados e a seguir tirou o vestido, ficando só de combinação. Sentou-se diante do espelho, mirou-se nele com olhos sonolentos, e pôs-se a passar uma escova nos cabelos.

— Que é que você tem, negro?

Ele não respondeu. Ergueu-se de súbito, caminhou para a pia e, evitando o espelho, abriu a torneira, inclinou-se e começou a banhar as faces.

— Ah! — fez ela. — Que estúpida eu sou!

Apanhou duma gaveta um chumaço de algodão e um vidro de água oxigenada e acercou-se do homem.

— Deixe ver.

Ele inteiriçou o corpo e deixou que ela lhe pensasse as feridas.

— Está doendo?

— Não.

Ela atirou o algodão no soalho, guardou o vidro de remédio e, aproximando-se do Desconhecido, enlaçou-lhe o pescoço com os braços e beijou-o na boca. Ele recebeu o beijo passivamente. Mas o abraço dela continuou, e o contato daquele corpo macio e cálido aos poucos lhe despertou o desejo.

— Você é esquisito, hem, negro? Não gosta de mulher?

Mas agora com súbita fúria ele a estreitava contra o peito, e seus lábios procuravam os dela. (Onde? Quando? Com quem?)

A Ruiva queixou-se:

— Não me aperte com tanta força, meu bem. Assim você me machuca...

Desprendeu-se do homem, apanhou uma toalha, passou-a pela testa, pelo pescoço, pelos braços.

— Tire o casaco, amor.

Ele obedeceu. Ela voltou-lhe as costas, sentou-se na banqueta, tirou as meias e por fim a combinação, ficando apenas de calças e porta-seios. Ele a contemplava de olhos muito abertos.

A Ruiva voltou-se e sorriu.

— Não vai tirar toda a roupa? — Como ele não respondesse nem fizesse o menor movimento, ela soltou uma risadinha. — Se tem vergonha, eu apago a luz grande.

Caminhou para a porta. Tinha a cintura fina, as coxas roliças, os seios firmes. Torceu a chave e apagou a luz. O quarto ficou tocado pela vaga claridade que vinha da rua.

— Anda, meu bem — disse ela, abafando um bocejo. — Estou morrendo de sono.

Quem lhe havia falado assim antes? Quando? Onde? Desfez o nó da gravata, arrancou-a fora. Quando foi colocar a camisa sobre a guarda duma cadeira, teve a impressão de que já fizera aquilo em algum outro lugar...

Via o vulto da mulher sentado na cama. Ficou um pouco aflito, pois já não se lembrava bem das feições dela. Do quarto contíguo veio um rumor pesado de passos, seguido dum grito.

— O corcunda começou — disse a Ruiva. — Pobre do Passarinho.

O Desconhecido despiu-se por completo, tomado agora duma estranha tranquilidade, como se aquele despir-se, mover-se na penumbra, descalçar um pé com o auxílio de outro, dobrar as calças com cuidado para não desmanchar o friso e pô-las sobre o assento da cadeira — como se tudo isso fosse parte duma rotina que já tinha a duração duma vida, como se ele já tivesse vindo muitas vezes àquele quarto, para deitar-se com aquela mulher. Mas quem era ela?

— Vem, negro...

Sentou-se na cama, procurou a mão da Ruiva e, encontrando-a, apertou-a, como quem quer ter a certeza de que não está só.

— Deita duma vez, bem.

Ele obedeceu. A mulher, agora completamente despida, enlaçou-o. As bocas se encontraram, mas ele continuou passivo, a querer saber naquela penumbra onde e com quem estava, por que estava, que significava tudo aquilo. O perfume, o calor, a respiração da mulher, o silêncio, o contato dos lençóis — tudo isso eram vozes que provocavam contar algo que ele não conseguia entender. Por que lhe falavam por enigmas? Por que não diziam tudo claramente?

A Ruiva afrouxou o abraço.

— Você é esquisito mesmo. Nunca vi homem assim.

A mão dele passeou pelo corpo dela num reconhecimento. Começou nas coxas, cuja penugem ficou a sentir num leve perpassar de dedos, espalmou-se sobre o ventre, acariciou-lhe os seios. Depois seu indicador ficou a seguir, a desenhar os contornos daquelas feições. Quem era a mulher que estava a seu lado? Quem era? Santo Deus, quem sou eu?

Permaneceu deitado de costas, os olhos cerrados. Ao cabo de alguns segundos ela murmurou:

— Está dormindo?

— Não.

— Perdeu a língua?

— Estou pensando.

— Em quê?

— Numas coisas...

Novo silêncio.

— Meu bem...

— Que é?

— Como é que um homem como você anda metido com essa gente?

— Que gente?

— O corcunda e o outro. São seus amigos?

— Não.

— Então como foi que você se misturou com eles?

— Não sei.

Ela tomou-lhe da mão e seus dedos apalparam a aliança.

— Você é casado, não é?

Ele não respondeu.

— Pode dizer. Não tenha medo. Descubro logo os que são e os que não são. Sempre gostei mais de homem casado, não porque paga mais, mas porque é mais quieto, de mais confiança.

Um grito no quarto contíguo. A Ruiva soergueu-se bruscamente. O Desconhecido abriu os olhos e ficou à escuta.

— Que é?

— O corcunda. É um porco. Credo! Só de pensar em dormir com esse animal, fico com o estômago embrulhado.

Veio do outro quarto o ruído de passos apressados e o baque duma cadeira. Depois, o silêncio.

A Ruiva acendeu a lâmpada, sobre a mesinha de cabeceira, e voltou-se para o homem.

— Sabe por que foi que acendi a luz? Porque estava com saudade dessa cara. — Mirou-o longamente. — Que é que a sua mulher vai dizer quando você aparecer em casa com o rosto todo lanhado? Vai ver logo que o maridinho se meteu em alguma baderna. Aposto como ela anda viajando, não anda?

Ele sentiu ímpetos de confessar: "Matei a minha mulher". Mas... onde? Como? Por quê? E de novo seu espírito se diluiu numa planície, cinzenta, que se estendia a perder de vista, sob um céu vazio: e começaram as quedas vertiginosas naquela sucessão de brancos abismos...

Para não pensar mais, tornou a abraçar a Ruiva, seus lábios procuraram os dela, suas mãos puseram-se a acariciar a cabeleira fulva, e, enquanto ele fazia isso, as pernas dela enlaçaram as suas, e um desejo quente e latejante apoderou-se dele. Amou, então, a rapariga numa exaltação furiosa e agressiva, com a impressão de que a assassinava, de que a esfaqueava, muitas, muitas vezes; seus beijos eram quase mordidas, e quando encostava as faces nas faces dela, suas feridas ardiam; houve um momento — o grande momento — em que ela lhe agarrou a orelha ferida e ele soltou um gemido de dor que se misturou com os de prazer.

Segundos depois estava de novo estendido ao lado da mulher, exausto, arquejante, com um trêmulo desejo de chorar. Ela lhe acariciou a mão por algum tempo, em silêncio. Sem saber por quê, ele saltou da cama de repente e ficou a andar estonteado pelo quarto, o corpo gotejando suor. Por fim se aproximou da pia, abriu a torneira, encheu d'água o côncavo da mão e bebeu sofregamente. Molhou a cabeça, o rosto, o pescoço, os braços, fazendo muito ruído, e em seguida enxugou-se. Teve um sobressalto ao ouvir o estrondo dum trovão, que pareceu sacudir a casa inteira.

— Você é bem esquisito mesmo — disse a Ruiva, atirando as pernas para fora da cama. Bocejou e, num muxoxo, queixou-se: — Se o quarto de banho não estivesse tão longe, eu ia me meter debaixo do chuveiro.

O Passarinho tornou a gritar.

— O corcunda vai matar a menina — murmurou a Ruiva.

E quedou-se imóvel, à escuta.

— Que corcunda?

Ela o mirou com estranheza.

— Vem dormir, meu amor. Você está mas é tonto de sono.

Ele se aproximou da cama, deitou-se de todo o comprimento, soltou um fundo suspiro e cerrou os olhos. A Ruiva apagou a luz.

O silêncio que se seguiu foi de curta duração, pois logo começou a entrar pela janela a musiquinha duma gaita. O Desconhecido deixou-se ninar pela melodia, sorrindo, e levou algum tempo para reconhecer a valsa do homem de branco. A música parecia trazer-lhe uma mensagem, dizer-lhe que tudo agora estava bem.

Apertou a mão da mulher e cochichou:

— Estás ouvindo?

— Estou. É o maluco.

Os olhos pesados de sono, ele resmungou:

— É o meu amigo, o meu único amigo.

A música agora se ouvia mais forte e nítida, como se o vagabundo estivesse a tocar na calçada, debaixo da janela da Ruiva. O Desconhecido se foi rua em fora, levado pela valsa, seguindo o homem de branco em meio dos cachorros, ele também um cachorro sem dono. Mas não! O monge voltou-se, tomou-lhe da mão, como se ele fora ainda um menino, e ambos caminharam num silêncio grave através da imensidão, e ele sabia — e como essa ideia o deixava alvoroçado! —, sabia que o homem da gaitinha ia entregá-lo à criatura que lá estava imóvel, sombra contra o horizonte, ao vulto que o esperava de braços abertos e cujas feições ele ainda não distinguia, mas cujo nome estava prestes a descobrir.

A chuva irrompeu com repentina violência, em grossos pingos que rufaram nas folhas das árvores, nos telhados, nas calçadas, nas vidraças, abafando por completo a música da gaita, que só continuou na mente do Desconhecido.

Ele se voltou para o lado, abraçou a Ruiva, murmurou um nome de mulher e caiu num sono profundo.

Não! Não! Não!

Mas é inútil... A mão, secreta amante, tem vida independente do resto do corpo, move-se com força própria, com a faca de prata golpeia furiosa a pobre mulher. Ajoelhado sobre as coxas da vítima, ele a imobiliza em cima da cama. Por quê, Santo Deus, se isto o horroriza? Por que, se ele a ama? Quer deter a mão, ciumenta amante, mas não consegue. Ela mergulha cega entre as pernas da fêmea, rasga-lhe o baixo-ventre, bendito o fruto, e o sangue (ou leite?) escorre morno, ele o sente no próprio sexo, vê a mancha alastrar-se no lençol... Basta! Basta! A mão estaca, a faca tomba, mas é tarde, a mártir está gelada, os olhos vidrados, morta... Fugir. O quanto antes. Fugir, fugir, fugir! Da casa, da morta, da mão. Salta da cama, leve pluma, passadas de gigante, homem na lua. Nossa Senhora montada num burrico foge para o Egito, com o Menino no colo. Se ele fosse o Menino, estaria salvo. Mas é um assassino, perseguido, acuado como uma fera... Está agora perdido no casarão escuro, sem voz para gritar, os pés chapinhando na água da sarjeta onde voga um barquinho de papel. Se ele fosse o soldado de chumbo namorado da bailarina, podia entrar no barco, ir para o mar... Ai meu Deus! Rasguei a bailarina, destruí o meu amor. Rompe a correr na galeria sem princípio nem fim, onde ecoam vozes que ele não ouve, mas vê. Que dizem? Pega assassino! Não são vozes humanas, é o uivo dum cão. Do Cão. O mastim dos Baskervilles. O Lobisomem. Noite de sexta-feira, ai de mim! Marcha, soldado, cabeça de papel. Não posso, tenho chumbo nos pés. Sinto já na nuca o bafo do animal. Que é que o Cão tem na boca, espuma de sangue ou flor? Melhor rezar, Ave Maria, não tenho força pra correr, cheia de graça, minhas pernas de papel se dobram, rogai por nós assassinos, o Lobisomem vai me comer, estou perdido, sozinho, na charneca...

Só agora — tanto tempo! —, só agora depois de morto é que compreende o sentido da palavra antiga. Charneca. Deve ser a Escócia. Deitado e nu como um recém-nascido, os olhos apenas entreabertos, vê confusamente um céu enfumaçado e neutro, céu sem amor nem horror, céu dum outro mundo, céu de silêncio e paralelas, forrado de tábuas.

Começa a intrigá-lo a esfera solta no espaço. Planeta? Pelota? Peteca? Leva algum tempo para perceber que é uma lâmpada elétrica pendente do teto na ponta dum fio.

Cerrados de novo os olhos, seu espírito flutua numa zona crepuscular, nem dia nem noite, nem sono nem vigília. Tenta tranquilizar-se, dizendo a si mesmo que tudo foi um pesadelo: a prova disso é que, se abrir os olhos, poderá ver a lâmpada, o fio, o teto... Mas com que foi que sonhou? Não se lembra. Do pesadelo só lhe ficou esta fria angústia, este pálido horror. A mente entorpecida tenta recapturar as imagens do sonho e, caçador catacego numa charneca noturna, move-se dum lado para outro, atirando a rede ao acaso, sabendo que as figuras do sonho esvoaçam no ar de fuligem, morcegos que ele deseja mas teme aprisionar. Um deles cai na rede, o caçador não o vê mas ouve, sente o doido bater de asas. Tenta, em vão, abrir os olhos. O morcego se escapa por entre as malhas da rede, como um peixe. Ah! Agora tudo se explica. É o fundo do mar. Sou um peixe com pulmões de gente. Se não volto à tona, morro asfixiado. Já me falta o ar... Upa! O peixe sobe numa vertical vertiginosa.

Desperta num sobressalto, soergue-se, olha em torno, atordoado, procurando orientar-se. A porta branca? As paredes azuis? As cortinas rosadas?

As pálpebras lhe pesam tanto que a custo ele mantém os olhos entreabertos. Por alguns segundos fica sentado na cama, as mãos enlaçando os joelhos, a cabeça pendida. Que tolice! Onde pode estar se não em seu próprio quarto, em sua própria casa, como sempre?

Boceja, passa a mão pelos cabelos, agora plenamente consciente do mal-estar que lhe quebranta o corpo, dando-lhe uma sensação de fria febre.

Deve ser a hora do amanhecer. Uma luz gris alumia vagamente o quarto que ele não reconhece: a vidraça de guilhotina, as paredes brancas com manchas de umidade, o penteador de espelho redondo, o...

Não! Não é o meu quarto!

Hotel? Pensa em acordar a mulher para lhe perguntar como vieram parar nesta espelunca. De repente percebe que está completamente despido. Estranho. Não é seu costume dormir sem pijama. Ontem ao deitar-se... Ontem? Procura recordar o que aconteceu na véspera, à hora de recolher-se. Por mais que se esforce, não consegue.

Salta da cama. A mulher que ali está deitada não é a sua. Ele sabe disso, mesmo antes de ver-lhe o rosto. O perfume, o calor, o ressonar são os de uma estranha.

O coração rompe a pulsar-lhe acelerado. Como foi que vim parar no quarto desta prostituta?

Passa-lhe pela mente uma explicação. Fui narcotizado, despido e trazido para aqui. Conspiração de inimigos, pessoas que me querem comprometer, desmoralizar, destruir.

Faz um esforço para lembrar-se, fecha os olhos, segura a cabeça com ambas as mãos. Santo Deus! Ou isto é um pesadelo ou então estou ficando louco.

Põe-se a andar no quarto às tontas, na ponta dos pés, temeroso de acordar a desconhecida. Sentindo-se desprotegido e grotesco na sua nudez, apanha a colcha que está caída ao lado da cama e cobre-se com ela.

Tem a boca amarga, a saliva espessa. Doem-lhe os membros, o peito, as costas, e suas pisadas lhe repercutem no crânio em ferroadas que parecem varar-lhe os miolos.

Sim, agora compreende. Foi assaltado por bandidos, roubado, surrado e por fim trazido para este antro. A mulher deve ser cúmplice.

Aproxima-se da janela, já não acreditando muito nessa hipótese. Espia para fora, cauteloso. O dia está raiando. No céu desmaiado cintila a estrela matutina. As casas estão adormecidas, as calçadas desertas.

Leva algum tempo para identificar a rua. Tem a intuição de que não pode estar muito longe de sua casa.

A minha casa, a minha mulher... De súbito os acontecimentos da véspera lhe voltam à mente acompanhados duma sensação de desfalecimento e náusea. Aperta o estômago contra o parapeito da janela, agarra o peitoril com ambas as mãos. A colcha cai-lhe aos pés.

Relembra o momento terrível em que, ao voltar do trabalho ao anoitecer, encontrou a casa vazia e aquela carta sobre o consolo, junto do espelho. Vem-lhe nítida a lembrança de sua própria imagem refletida no vidro: a cara de espanto, o papel branco nas mãos trêmulas — tudo assim numa névoa aturdida. A própria voz lhe torna como um fantasma: "Minha mulher me abandonou". Disse estas palavras como se estivesse a transmitir a si mesmo a notícia terrível. Depois, a revolta do orgulho ferido, o acesso de fúria, a carta, incompletamente lida, rasgada em pedaços e atirada ao chão; e a ideia adoidada de que o espelho — testemunha de sua desgraça e de seu ridículo — era o culpado de tudo. Que era aquilo que tinha na mão? Um peso de papel? A tenaz da lareira? Arremessou a coisa violentamente contra o espelho, que se partiu. E precipitou-se por toda a casa a gritar o nome da mulher. Subiu ao quarto de dormir. Deserto. Vasculhou insensatamente os guarda-roupas. Ninguém. Tornou a descer e a procurá-la por todos os cantos. Nada. Por fim, passado o acesso, sentou-se numa poltrona, aniquilado, a balbuciar — "Não pode ser, não pode ser..." — e a pensar no único trecho da carta que lhe ficara na memória: *Depois do que aconteceu a noite passada, não podemos continuar vivendo juntos.* Olhou para os pedaços de papel espalhados sobre o tapete e começou a sentir um ansiado desejo de ler de novo a carta inteira, na esperança de descobrir em suas linhas ou entrelinhas algum indício de que nem tudo estava perdido, de que um dia ela talvez pudesse voltar. Pôs-se a caminhar como uma criança juntando os fragmentos da carta, e tentando, mas sem nenhum resultado, recompô-la. Estendeu-se no chão, com o rosto a tocar os pedacinhos de papel e desatou a chorar. *Depois do que aconteceu a noite passada...* Não. Ele não queria, não devia lembrar-se do que acontecera a noite passada. Era preciso esquecer essa noite e talvez todas as outras noites, para sempre e sempre e sempre.

Quanto tempo ficou ali deitado naquele torpor estúpido? Lembra-se agora de que foi despertado pelas batidas do relógio grande do comedor. Ergueu-se e de novo andou pela casa toda a chamar pela mulher em voz alta. E, depois? Depois... decerto saiu para a rua, meteu-se num bar, embriagou-se — ele que nunca bebia — e veio acabar a noite no quarto desta marafona.

Volta-se para a cama. A desconhecida continua imóvel, com o lençol puxado sobre os seios, mas com os ombros, os braços, as pernas e metade das coxas à mostra. Aos poucos ele vai ficando perturbado pela presença desta mulher no silêncio do quarto e da madrugada. Seu ressonar é como um cochicho, uma cócega... Por que não acordá-la, tomá-la nos braços e esquecer a outra, a ingrata?

Tudo isto pode ser apenas um sonho e ninguém nunca nos pede contas de que fazemos em sonhos. Não! Agora ele sabe que está acordado. Esta consciência aguda do corpo, duma carne batida e aviltada que dói e cheira mal — esta sensação de miséria física a gente só tem quando acordado. O horror dos pesadelos é um horror do espírito. Ele sabe.

Aproxima-se da cadeira onde estão suas roupas e começa a vestir-se automaticamente, lançando de quando em quando olhares rápidos para a desconhecida. Ao enfiar o casaco, apalpa o bolso interno, sente o relevo da carteira e lembra-se de que na véspera, ao deixar o laboratório, pôs dentro dela uma boa soma de dinheiro. Com toda a certeza foi roubado. Bandidos! Agora que está vestido, é como se houvesse recuperado integralmente não só a personalidade como também todos os seus direitos civis.

Vou apresentar queixa à polícia — promete a si mesmo, embora sabendo que jamais fará tal coisa.

Dá alguns passos na direção da porta, mas estaca junto da cama, tomado dum repentino desejo de acender a luz e ver claramente as feições e a nudez da mulher com quem passou a noite. Chega a aproximar a mão da lâmpada de cabeceira... Não. Não deve acordar a desconhecida: teme o que ela possa revelar e as perguntas que venha a fazer.

Com a respiração alterada, um aperto na garganta, inclina-se sobre a mulher e deixa que seus dedos apalpem de leve os joelhos brancos e subam tímidos e curiosos, pelas coxas... Por fim a mão se crispa sobre o lençol e começa a puxá-lo devagarinho... A rapariga solta um vagido, rebolca-se, segura um dos travesseiros, aperta-o contra o peito e fica deitada de borco, agora completamente desnuda. A cabeleira se lhe derrama sobre as espáduas.

Que é que o impede de deitar-se de novo? Senta-se na cama e procura, mas inutilmente, dominar a tremedeira, que lhe sacode o corpo. Quer convencer-se a si mesmo de que seu desejo não passa duma curiosidade mórbida, fria sensualidade dum espírito confuso da qual o corpo na verdade não participa.

Mesmo assim seus dedos continuam a acariciar as coxas da rapariga.

— Vai dormir, meu bem — resmunga ela, sem abrir os olhos. — É muito cedo.

Ao ouvir-lhe a voz, ele tem um sobressalto. Ergue-se, sentindo ferroadas nos rins, e permanece imóvel, mal respirando. E só depois de certificar-se de que a mulher de novo afundou no sono é que se move na direção da pia. Abre a torneira e começa a banhar vigorosamente o rosto e o pescoço. As faces e a orelha direita lhe ardem como se estivessem em carne viva. Mira-se no espelho e tem um acesso de autocomiseração que quase lhe provoca lágrimas. Decerto a ordinária lhe meteu as unhas na cara... Por quê? Por quê?

Uma viga da casa estala. Ele estremece e, com a consciência do perigo, volta-lhe a ânsia de fugir. Sim, antes que os bandidos voltem ou que o sol aponte e algum conhecido possa vê-lo a sair desta casa suspeita.

Na ponta dos pés aproxima-se da porta, abre-a sem ruído e sai para o corredor, na direção da escada.

Mete a cabeça para fora, pela fresta da porta, espia para a direita e para a esquerda e, depois de verificar que não há ninguém nos arredores, desce para a calçada.

A estrela matutina ainda pisca no céu que, na boca da rua, começa a tingir-se de carmesim.

Por alguns instantes ele caminha como um autômato, o espírito vazio, o andar arrastado, os braços caídos ao longo do corpo.

Das folhas das árvores pingam gotas d'água: uma delas cai sobre a orelha ferida, escorre-lhe fria pelo pescoço, causando-lhe um arrepio que parece chamá-lo à realidade.

Estaca a uma esquina para orientar-se. Onde estou? Por alguns segundos interroga as fachadas das casas, que nada lhe dizem. Faz uma volta sobre si mesmo, já na fronteira do pânico, mas tranquiliza-se ao avistar as torres da Catedral. Sabe agora onde está e como encontrar o caminho da casa. Nas manhãs de domingo costuma vir à missa a pé. Umas seis ou sete quadras, naquela direção...

Continua a andar, em marcha mais acelerada, animado por uma repentina esperança. Decerto ela voltou. E por que não? Não é rancorosa, tem senso comum, detesta as atitudes dramáticas. Para ela nada é irremediável, definitivo, irreparável. Sim. Pode ter-se arrependido e voltado durante a noite. E se voltou — conclui numa sensação de desmaio — decerto está agora em casa, aflita e tresnoitada, esperando por ele!

Que horas serão? Ergue o pulso e aproxima o relógio dos olhos. Ponteiros parados. Vidro e mostrador partidos. Lembra-se de que ao rasgar a carta bateu com o relógio na quina do consolo. Com a vergonha do gesto, vem-lhe um calor formigante no rosto e nas orelhas.

É inútil tentar iludir-se. Ela não voltou. A casa continua deserta. Está tudo acabado.

Começa a ouvir vozes. "Estão vendo aquele sujeito que ali vai? É Fulano, pobre diabo! A mulher o abandonou." Murmúrios, olhares furtivos, risinhos. No clube, no laboratório, na rua, em toda a parte. Na certa começarão a inventar histórias. "Dizem que ela está vivendo com o amante. Não sabias? Todo o mundo sabe, menos o marido."

Não, não, não — diz ele em pensamento. Não! — exclama em voz alta, sacudindo a cabeça e sentindo os miolos como que picados por agulhas. Aperta as têmporas com as pontas dos dedos. Decerto me partiram o crânio. Bandidos!

Fica tomado dum súbito ódio, nem ele mesmo sabe por quem. Mas a ideia de ter sido seviciado, desnudado, humilhado, enche-o a seguir duma trêmula, flácida pena de si mesmo, dum desejo de aconchego, conforto, carinho. Imagina-se entrando em casa, lançando-se nos braços da mulher, contando-lhe tudo. "Não sei o que me aconteceu, querida. Só sei que andei perdido pela noite. Pelo amor de Deus, não me abandones!"

Quantas quadras mais? É bom apressar o passo. Não. O melhor é ir devagar, retardar o momento da decepção. Porque ela não voltou. A casa está vazia. Sua vida, desgraçada.

Afrouxa o passo. Seu olhar está fito no cachorro que fossa numa lata de lixo à frente dum restaurante, mas toda a sua atenção se concentra na mulher sem nome nem feições que lhe ocupa os pensamentos. E leva algum tempo para perceber que a melodia que agora envolve essa esfumada figura não pertence apenas ao mundo de suas lembranças: vem de fora, anda também no ar da madrugada.

Quem estará a tocar a estas horas? Olha em torno e não vê vivalma. Decerto é alguém que acordou feliz numa dessas casas e resolveu tocar uma valsa para o dia que nasce. A musiquinha parece contar uma história, dizer alguma coisa que ele se esforça por entender, como se um amigo invisível estivesse a falar-lhe em surdina numa língua remota e quase esquecida.

Percorre alguns metros, embalado pela valsa, momentaneamente olvidado de suas feridas, e, ao chegar à primeira esquina, avista um homem todo de branco sentado num banco da praça fronteira, a soprar numa gaitinha. Atravessa a rua na direção do desconhecido, enfeitiçado pela música, e para à beira da calçada, diante dele. O homem parece não dar pela sua presença. Tem os olhos cerrados, a gaitinha sumida entre o negror das barbas e a palidez das mãos.

Os passarinhos estão ainda adormecidos nos galhos dos plátanos e álamos. No centro da praça um anjo de bronze, as asas abertas, parece prestes a alçar o voo.

É estranho que este vagabundo com aspecto de santo ou profeta esteja a tocar na praça deserta a esta hora do amanhecer. Decerto dormiu ao relento, não tem casa, foi abandonado por alguém...

Sente um aperto na garganta, uma aflição no peito, lágrimas lhe alagam os olhos, submergindo a praça e afogando o homem de branco e o anjo. Entrega-se, então, ao esquisito, abandonado prazer de chorar, lembrando-se dos tempos de menino quando, sempre que chorava, acabava por entreter-se com a ideia de que não era por causa das lágrimas que sua visão se turvava e sim porque ele havia descido às profundezas do mar.

Enxuga os olhos com a ponta dos dedos e retoma o caminho. Vai agora para casa, sim, mas para outra casa, noutro tempo. Tem a certeza de que nessa casa há criaturas que o esperam de braços abertos. Por que, então, este medo de voltar? Por que esta relutância em pensar nos fantasmas queridos?

Em sua mente brotam vultos e sussurros.

Dedos brancos sobre o teclado dum velho piano. "Agora o meu filho vai ficar quietinho pra mãe tocar uma música bonita." As teclas amareladas tinham um cheiro seco e antigo. A melodia da valsa enchia o casarão, onde três tias solteironas, sempre vestidas de negro, vagueavam como sombras pelos cantos, mascando fumo e mágoas. Eram secas, lívidas e tristes. Seu pai, que as detestava, costumava dizer: "Casei-me com a Maria e com uma récua de tias".

A hora do banho, no quarto recendente a sabonete, talco e borracha molhada, era uma hora de pavor em que ele morria mil mortes. Quando lhe lavavam a cabeça a água ensaboada ardia-lhe nos olhos, entrava-lhe pelas narinas, cortando-lhe a respiração e dando-lhe uma sensação de afogamento. As tias tratavam de consolá-lo com mimos.

Uma o lavava no bacião. Outra enxugava-o com uma toalha felpuda e passava-lhe talco no corpo. A terceira vestia-o e encaracolava-lhe os cabelos.

De quem é essa cabecinha de anjo?

Da titia.

E esse peitinho de rola?

Da titia.

E esses olhinhos de azeviche?

Da titia.

Naquele dia o pai irrompeu no quarto, com o seu brusco jeito de chefe e macho, e gritou: "Deixem esse menino em paz! Vão acabar fazendo dele um maricas. Ele que saia descalço pro quintal e vá trepar em árvore, montar a cavalo, como um homem!".

Depois que o tirano saiu, as tias murmuraram: "O que ele quer é que o menino aprenda a dizer nomes, a pitar e a beber...".

Mais de uma vez ouviu o pai resmungar, olhando de soslaio para as três mulheres: "Cria corvos e eles te arrancarão os olhos".

Os passarinhos rompem a cantar nas árvores da praça, abafando a música da gaita. A luz do primeiro sol doura os telhados, coroa a cabeça do anjo.

Ele continua a caminhar, esforçando-se por não pensar. Mas as três tias lá estão ainda a um canto do casarão, as cabeças muito juntas cochichando... Que querem? Que dizem?

"*Pobre da Maria. Tem nome de santa e é santa mesmo. O marido está matando ela aos poucos.*"

Essas últimas palavras lhe doeram como uma bordoada. Passado o atordoamento, viu tudo claro. Agora muita coisa se explicava. Os olhos pisados da mãe, sua magreza pálida, aqueles choros escondidos, umas tristezas e uns silêncios à hora das refeições... "Decerto quer acabar com a vida dela pra depois casar com outra mais moça."

As três velhas, as três sombras, os três corvos.

À noite, na hora de ir para a cama, elas o faziam rezar. "Ave Maria, cheia de graça..." A imagem da mãe nesse momento não lhe saía da cabeça. Ela era a própria Virgem Maria. Tinha nome de santa e era santa mesmo. E o marido a estava matando aos poucos...

Sozinho no silêncio do quarto, à luz da lamparina, ele fechava os olhos pensando nesse horror.

Ao chegar à extremidade da calçada, volta a cabeça para trás antes de atravessar a rua. O vagabundo caminha agora na sua direção.

Os passarinhos já não cantam nas árvores desta praça, mas nas laranjeiras do quintal de sua infância.

Brincava com bolitas de vidro no soalho da sala de visitas, sob o olhar das tias. O pai entrou no escritório e fechou a porta. Uma das velhas disse em voz baixa: "Começou". Por muito tempo só se ouviu a tosse e o pigarro do tirano, lá dentro. Mais tarde, quando saiu, seu hálito recendia a álcool e em cima da escrivaninha haviam ficado garrafas vazias...

Os corvos sacudiram a cabeça. "Pobre da Maria. Merecia outra sina."

Ele quer evitar essas lembranças dolorosas. Apressa o passo. A rua ganha vida. Abrem-se janelas. Ouvem-se vozes. Um caminhão verde estaca à frente duma casa de negócio e de dentro dele sai um homem com um fardo às costas. Um outro atravessa a rua assobiando. Da chaminé dum velho prédio colonial sobe para o céu, que o sol agora clareia, um penacho de fumaça.

Foi num dia de chuva, no inverno. Uma das velhas andava pelo corredor levando uma bandeja cheia de brasas sobre as quais ardiam pedrinhas de benjoim e incenso. A casa enfumaçada cheirava a igreja. Sua mãe tocava no piano uma música tristonha, ali na sala onde ele brincava.

Aquele peso de cristal, em cima do dunquerque, sempre o intrigara. Como era que tinham metido dentro do vidro as flores azuis, vermelhas e amarelas? Fazia de conta que o peso era uma estrela-do-mar, uma bola de gude gigante, um balão... Atirou o balão para o ar e aparou-o com ambas as mãos. Agora, mais alto... Um... dois... três! Rodopiou sobre os calcanhares e arre-

messou o peso com toda a força, às cegas. Foi um momento de tontura. Ouviu um estalo. O espelho grande partiu-se. Foi como se de repente uma aranha de pernas enormes tivesse saltado em cima dele. A música cessou, sua mãe soltou um ai, ergueu-se com um susto no olhar, e ficou muda, segurando a cabeça com ambas as mãos. Ele se pôs a tremer, o coração aos pulos. Uma das tias exclamou: "Sete anos de azar!". Apertou-lhe o braço e sussurrou-lhe ao ouvido: "Não basta o que faz o outro? Também tu queres matar a pobre da tua mãe?".

Ele desatou o pranto e, sacudido de soluços, ficou a olhar para o espelho trincado, temendo a hora em que contassem tudo ao pai e ele viesse castigá-lo. Aos poucos, porém, se foi acalmando e por fim se distraiu imaginando que estava no fundo do mar...

Para que pensar agora nessas coisas? Elas pertencem a um passado morto. São cadáveres que devem permanecer sepultados e esquecidos. Talvez ele próprio seja um cadáver. Sim. Já sente até o cheiro da própria putrefação.

Caminha cada vez mais depressa. Volta rapidamente a cabeça e avista o vagabundo, que o segue a curta distância.

Passam transeuntes pela calçada e ele começa a sentir desejos de desaparecer. Está sujo, sabe que tem a cara lanhada, as roupas amassadas. Os outros na certa poderão ler-lhe nos olhos toda a sua vergonha, toda a sua miséria.

Ao passar por um quiosque onde estão expostos os matutinos, sua atenção se concentra por um instante nas letras graúdas dum cabeçalho: MORTA A FACADAS PELO MARIDO. *Atormentado de Remorsos o Assassino se Entrega à Polícia.* Detém-se por um segundo, o suficiente para relancear o olhar pelo clichê que ilustra a notícia: uma mulher seminua deitada numa cama, toda coberta de sangue. Desvia os olhos, nauseado, e continua seu caminho.

Morta a facadas pelo marido. É melhor esquecer isso com urgência, antes que algo de muito desagradável aconteça — algo que ele não sabe bem o que possa ser, embora lhe pressinta o horror.

Tenta concentrar o pensamento na própria esposa. Estranho. Não se lembra com clareza das feições dela... Como é que a gente pode amar intensamente uma pessoa e mesmo assim esquecer-lhe por vezes não apenas os traços fisionômicos mas também o próprio nome?

E por que será que agora lhe vem de inopino a doida ideia de que ele não é ele, de que seu passado é um sonho, de que não tem mulher nem casa nem nada?

Para se tranquilizar começa a dizer baixinho a si mesmo quem é, onde mora, que profissão tem, com quem casou, onde, quando e como. Lembra-se dum pormenor...

Ontem minha mulher e eu íamos a um teatro. Eu tinha na carteira dois bilhetes. Se eles ainda estiverem lá, isso será um sinal de que tudo está bem e eu não estou sonhando nem louco.

Tira a carteira do bolso e abre-a. Lá estão as duas entradas. Volta-lhe à mente o pensamento que teve na véspera ao sair do laboratório.

"A situação é grave mas não irremediável. Jantaremos em silêncio e ela evitará o meu olhar. Depois iremos ao teatro, durante o espetáculo lhe segurarei a mão, lhe direi ao ouvido palavras carinhosas, lhe pedirei perdão. Quando voltarmos para casa eu a tomarei nos braços e tudo terminará bem."

Onde estou? Olha em torno, de novo desorientado. Aos poucos, porém, vai reconhecendo fachadas familiares. Lá está o mercadinho de flores. Mais quatro quadras e estará em casa... Pensa em levar flores para a mulher. Cravos brancos. Ridículo! Um morto levando flores para alguém que não existe...

Santo Deus, ou eu cesso de pensar essas coisas ou fico mesmo doido.

Ao passar pela frente do mercadinho, volta a cara para o lado oposto, temendo ser reconhecido pela florista. Chega-lhe o perfume de jasmins-do-cabo.

Dezembro, o casarão, a infância. De súbito, acontece o que ele secretamente temia.

Naquela noite de verão e lua cheia a janela estava aberta para o jardim e a fragrância dos jasmins enchia o quarto.

Uma das tias lhe cantava baixinho uma canção antiga que falava em cavaleiros andantes, princesas e dragões. Adormeceu embalado pela voz de vidro e sonhou que estava perdido num castelo assombrado. Acordou em pânico e, vendo-se sozinho, desejou urgentemente a companhia da mãe. Saltou da cama, correu para a porta que dava para o quarto dos pais, abriu-a, e, à luz do luar, viu uma cena que o deixou estarrecido. Dois vultos lutavam gemendo sobre a cama. Compreendeu tudo instantaneamente.

Sua mãe estava sendo assassinada.

Sentiu um amolecimento de pernas, uma tontura, e baqueou.

Quando voltou a si, estava de novo na própria cama (ou no fundo do

*mar?) e levou algum tempo para reconhecer a mãe, que se inclinava sobre
ele, aflita, a perguntar-lhe: "Que foi, filhinho? Que foi?".*
Sentiu no quarto a áspera presença do pai. Não teve coragem de encará-lo. Dominava-o uma tão grande vergonha, que ele cerrava os olhos
para não ver ninguém, apertava os lábios para não falar.
A mãe acariciava-lhe a testa suada com seus dedos frescos. "Conte pra sua
mãezinha o que foi que aconteceu." Tinha uma voz machucada. Os talhos
deviam estar doendo, sangrando.
O pai falou: "Era só o que me faltava, ter um filho sonâmbulo".
De olhos fechados, ele via a faca de prata que o tirano guardava na gaveta da escrivaninha.
E nas outras noites, sob as cobertas, ele esperava a hora. Muitas vezes
dormiu antes de ouvir qualquer ruído suspeito. Mas havia noites em que
lhe chegavam aos ouvidos aqueles gemidos abafados, o ranger da cama,
e uma que outra palavra indistinta. Ele cerrava os punhos e os dentes, o
coração descompassado, e por fim rompia a chorar, afogando os soluços no
travesseiro.
No dia seguinte metia-se furtivamente no quarto dos pais, ia examinar os
lençóis, procurando vestígios de sangue. E, sempre que se acercava da mãe,
era com ânsia e medo que lhe examinava as roupas.
Os murmúrios continuavam no casarão. "Pobre da Maria. É uma mártir. Está se acabando aos poucos."
Uma tarde ele abriu a gaveta da escrivaninha. Lá estava a faca ao lado
dum pedaço de fumo em rama. Passou-lhe pela mente uma ideia.
Se roubo a faca, salvo minha mãe.
Mas não teve coragem de tocar na arma.
"Olha A Manhã!"
A voz estrídula chama-o ao presente. O vendedor ergue o jornal à
altura de seus olhos, "O retrato da vítima!". E de novo ele vislumbra a
mulher esfaqueada coberta de sangue. Com um brusco tapa arrebata o
jornal das mãos do rapaz e atira-o na sarjeta.
De olhos baixos continua a andar. Devia haver uma lei, uma lei
proibindo os jornais de noticiarem crimes, estamparem clichês repul-
sivos como esse. Devia haver uma lei. Uma lei.
Volta a cabeça para trás. O vendedor de jornais lá está a gesticular
na sua direção. Esquece-o num segundo.
Agora lhe vem uma lembrança acompanhada dum sentimento de
remorso. *No último Dia de Finados não mandei flores para a sepultura de
minha mãe.* Por quê? Por quê? Decerto porque estava demasiadamente

preocupado com a outra, com a ingrata. Qual! O melhor é não pensar mais nisso. Que os mortos enterrem os mortos.

A voz dum menino que reza, lhe soa na memória. *Rogai por nós, pecadores, agora e na hora de nossa morte.*

Tudo aconteceu da maneira mais inesperada. Quando o foram buscar, ela já estava morta.

Algumas frases pronunciadas por vizinhos ou criados, naquele dia negro, haviam de ficar-lhe para sempre na lembrança.

"Estão vestindo a defunta."

"O coração da coitada não aguentou."

"Morreu de repente, sem sofrimento, louvado seja Nosso Senhor."

O pai apertou-lhe o braço com força, inclinou-se sobre ele e disse: "Vá dar um beijo na sua mãe, que lhe queria tanto bem". Suas palavras tresandavam a álcool.

Ele beijou o rosto dessangrado e frio. As três tias lá estavam ao pé do esquife. Três corvos. As caras pálidas, os olhos secos, as mãos lívidas apertando rosários, murmuravam suas orações. A Virgem Maria estava muda, branca, no meio de flores. Mais que nunca parecia a imagem duma santa.

E o assassino mirava-a com uma fixidez de louco, chorando como uma criança e respirando forte como naquela noite medonha.

Raros autos e ônibus rolam sobre o asfalto da grande avenida. As sinaleiras do tráfego estão apagadas. Ele cruza a rua quase a correr e envereda pela primeira travessa. Mais duas quadras e chegará à casa... Pulsa-lhe o coração com descompassada força. Foi a corrida ou é o temor de chegar?

Para. É melhor esperar, pôr ordem nas ideias, acalmar-se. Recosta-se a uma árvore e pensa na mulher, cuja imagem lhe volta à mente tal qual ele a viu na noite do casamento. A desejada, temida noite.

Ali estava a noiva na penumbra do quarto, sentada na cama, num silêncio expectante. Havia já alguns segundos que ele a contemplava com a exasperadora sensação de que, embora tivesse a cabeça a ferver, o resto do corpo permanecia frio e insensível, como que anestesiado. Lembrou-se duma história que ouvira nos tempos de menino: um parente sofrera uma fratura de espinha e ficara com a parte inferior do corpo paralisada... O espectro duma voz familiar cruzou-lhe a mente: "Morto da cintura pra baixo".

Impotência nervosa — explicou ele a si mesmo.

O perfume que vinha da mulher parecia aumentar-lhe a inibição, suge-ria-lhe algo vagamente proibido, tinha uma qualidade fria, asséptica, asse-xuada. No entanto os seios dela eram empinados e rijos, arfavam de desejo. (Isso o irritava como uma impertinência.) Tinha vinte e quatro anos, era uma bela fêmea, ia entregar-se ao seu homem. Virgem. Virgem. Virgem. Ele procurava excitar-se com pensamentos lúbricos. Inútil. Seu desejo pa-recia estar apenas na cabeça, que começava a doer: o resto do corpo conti-nuava neutro.

Sentiu que tinha de dizer alguma coisa, fazer um gesto. Sim, sentar ao lado dela, acariciar-lhe os cabelos, beijar-lhe a boca... Insensivelmente co-meçou a assobiar baixinho e, quando deu acordo de si, estava a caminho do quarto de banho. Entrou, acendeu a luz, abriu a torneira da pia sem ne-nhum propósito certo, mirou-se no espelho sem se ver, apanhou automati-camente o sabonete, ensaboou e enxaguou as mãos e as faces e depois ficou a enxugar-se com meticulosa lentidão, ao mesmo tempo que procurava pro-var a si mesmo que a situação não era tão séria como parecia, e que não ha-via motivo para alarma ou drama. O que havia, isso sim, era uma tradi-ção burguesa e ridícula: a noite de núpcias, a primeira posse, a iniciação da noiva, em suma, um cerimonial absurdo em torno do qual se contavam anedotas e diziam piadas. Sim, alguns faziam drama. Mas não havia mo-tivo, nenhum motivo.

Passaram-lhe pela cabeça histórias ouvidas na adolescência. "Devolveu a noiva ao pai na noite do casamento, porque ela não estava inteira." Risadas canalhas. "Vai, então, vendo que era impotente, o noivo pega o revólver e es-toura os miolos." Preconceitos idiotas!

Fosse como fosse, tinha de tornar ao quarto. Era lógico que no momento em que abraçasse a esposa... Lógico. Não podia haver a menor dúvida. Ti-vera poucas mulheres na vida, mas jamais falhara como homem.

Tornou a olhar-se no espelho. Estava demasiadamente consciente daquele pijama novo de seda, resvaladiço e fresco contra a pele recém-banhada, o ca-saco frouxo, as calças excessivamente compridas, com as bainhas a tocarem o chão. "Pinto calçudo!", gritou alguém do fundo do tempo.

Voltou para o quarto e aproximou-se da cama, junto da qual a mulher o esperava de pé, os braços estendidos: "Vem, meu amor".

Como podia falar e portar-se com tanta naturalidade? Tinham tido um noivado curto, sem maiores intimidades. Ele não podia deixar de achar vaga-mente indecoroso aquele convite tão claro ao ato sexual. Ao mesmo tempo cen-surou-se a si mesmo por se permitir esse sentimento. Afinal de contas esta-vam casados...

Ela o abraçou, com a boca procurou-lhe avidamente a boca, colou seu corpo inteiro ao dele. Morto da cintura pra baixo. Morto da cintura pra baixo. Sentiu que a mulher o puxava para a cama. Por que tanto açodamento? Não tinham o resto da noite pela frente? O resto da vida? (*A voz duma remota professora pública: "Centauro é um monstro mitológico, metade homem, metade cavalo".*)

A mulher descolou-se dele e, num gesto menineiro, saltou para a cama, deitou-se e tornou a estender os braços: "Vem, querido!".

(*Ele tinha dezessete anos e caminhava agoniado pelo beco sombrio. As máscaras nas janelas... O pó de arroz tornava cinzentas as caras das mulatas. Havia também mulheres brancas. Uma cabocla de dente de ouro convidou: "Entra, amoreco". Ele passava de largo, sem coragem de entrar. "Vem, beleza". O rosto e as orelhas lhe ardiam. "Escuta aqui..." Ele sentia a quente palpitação do sexo, o alvorotado pulsar do coração, e num minuto de estonteamento pareceu que o sexo lhe subia ao peito, batia contra as costelas e depois, intumescido e furioso, ficava a martelar-lhe as fontes. "Vem, franguinho!" Entro? Não entro. Entro? Não entro. Esta não. A outra. Mais adiante... Uma cabeça surgiu do fundo escuro dum quarto, assomou à janela. Uma voz descansada e molenga chamou-o: "Entra aqui, filhote". Ele estacou, olhou para a mulher gorda de cara familiar, hesitou por um instante, e entrou. Não era mais desejo o que sentia, mas uma espécie de febre, uma curiosidade em que se mesclavam temor e repugnância. Uma lamparina lucilava junto da cama. A mulher se despia, fazendo-lhe perguntas num tom natural de velha parenta. "Quantos anos tem? Só? Credo! Até podia ser meu filho." Estava agora sentada na cama, toda nua, os seios flácidos caídos sobre o ventre, que se dobrava em pregas sobre as coxas. Ele a contemplava num fascínio cheio de horror. "Vem duma vez, menino." Ele fez meia- volta e correu para a porta.*)

— *Vem...* — *insistiu a noiva.*

Ele permaneceu calado e imóvel. Uma parte de seu espírito ainda fugia espavorida pelo beco.

— *Que é? Estás sentindo alguma coisa?*

— *Não. Nada.*

Podia ter respondido afirmativamente e não estaria mentindo. A cabeça lhe doía com certa intensidade. Seria uma boa, legítima desculpa. Ela compreenderia e o deixaria em paz. Em paz? Como podia ficar em paz com aquele sentimento de vergonha e frustração? (*A professora* — *com que nitidez a via agora!* — *era uma solteirona amarela, com voz de vinagre: "Centauro é um monstro mitológico, metade homem, metade cavalo". Qual era a parte de seu corpo que estava morta: a do homem ou a do animal?*)

Estendeu-se na cama, cruzou os braços e por alguns segundos ficou entregue à vaga mas perturbadora impressão de que estava fazendo algo de proibido, de ilegal, de pecaminoso.

— Que é que tens, meu querido? — sussurrou ela numa carícia. Falou com os lábios a tocar-lhe o lóbulo da orelha. Seu hálito tinha uma mornidão úmida.

— Eu? Nada.

Ela soltou um suspiro, voltou-lhe as costas, e, num tom de fingida zanga, murmurou:

— Está bem. Não quero mais saber de ti. Até amanhã.

Ele fechou os olhos e ficou escutando o sangue marretar-lhe as têmporas. Procurava convencer-se de que a situação era simples. Bastava falar com franqueza, explicar que aquela impotência era de origem psicológica e consequentemente passageira. De resto, havia alguma lei tremenda e inapelável segundo a qual a ridícula cerimônia devesse realizar-se inadiavelmente na primeira noite? Claro que não.

De olhos sempre cerrados, ele a sentia imóvel e silenciosa. Estaria já dormindo?

Se estava, era então porque não tinha nenhuma sensibilidade. Odiou-a. Teve ímpetos de cometer uma violência física contra si mesmo. Meter uma bala na cabeça, respingar de sangue o quarto, a cama, a mulher. Não exigia a imbecil tradição que houvesse sangue na noite nupcial? Pois seria então o seu sangue e não o da noiva. Seria a sua virgindade e não a dela. E aquela mesma mão que na adolescência lhe dera tantos prazeres escondidos e culpados levaria a cabo a violência final, a masturbação suprema.

Sentiu que a mulher se agitava, se descobria, se soerguia. Ouviu um leve, deslizante crepitar de seda e adivinhou o que se passava. Sem abrir os olhos, estendeu a mão e, com as pontas dos dedos, viu a nudez da esposa.

Operou-se então o milagre. Um desejo cálido e violento, que pareceu nascer subitamente das entranhas do cavalo, tomou-lhe conta do corpo todo. Atirou-se sobre a mulher e, num silêncio arquejante, amou-a com ímpeto bestial, cego e surdo a todos os protestos e súplicas — "Cuidado! Assim me matas, me matas!". Era como se quisesse desforrar-se nela do fracasso inicial ou como se o prazer e o sucesso do macho estivessem na razão direta do sofrimento da fêmea.

Consumado o ato, saltou da cama, dirigiu-se para o quarto de vestir, acendeu um cigarro, abriu uma janela e, recebendo no rosto o ar da noite, quedou-se a fumar e a olhar para as estrelas, atordoado ainda, a respiração opressa, os rins doloridos.

Alguém tinha agora alguma dúvida quanto à sua masculinidade?

Mas o sentimento de exaltação e vitória foi de curta duração. Chegava-lhe aos ouvidos o choro manso e sentido da mulher. Ele a havia ferido profundamente. O corpo e o espírito. Era um animal. Um cavalo! E agora, à lembrança daquele brutal dilaceramento, encolhia-se, arrepiado, numa insuportável sensação de vergonha e culpa. Pobrezinha! Teve-lhe uma pena enternecida, um desejo de acalantá-la, pedir-lhe perdão. Voltou para o quarto de dormir, acercou-se da cama, inclinou-se e pousou a mão de leve no ombro da esposa. Esta se encolheu bruscamente, esquivando-se ao gesto, e seu choro redobrou de intensidade. Ele quis dizer-lhe alguma coisa, mas as palavras como que se lhe trancaram na garganta.

Passou o resto da noite em claro, a fumar e a caminhar pela casa, com a sensação perfeita de que havia cometido um crime pelo qual teria de pagar quando o dia raiasse.

O suor escorre-lhe pelas faces. Tem a impressão de que todas essas coisas odiosas aconteceram não há meses, mas na noite que passou.

Recomeça a andar devagarinho, a cabeça baixa, o olhar na própria sombra.

Os desastres daquela primeira noite foram a causa de todos os desencontros e frustrações dos dias e noites que se seguiram. E a atitude da esposa — tão amiga, compreensiva e paciente, sempre disposta a perdoar, esquecer, tentar de novo —, longe de melhorar a situação, agravou-lhe o sentimento de inferioridade e insuficiência.

Pensou mais de uma vez em procurar um analista e contar-lhe tudo, porém um pudor invencível o deteve. Não podia imaginar-se a confessar tamanhas intimidades a um estranho. Não teria coragem de confiá-las nem ao melhor amigo. Era até com certa relutância que contava essas coisas a si mesmo.

Nem tudo, porém, andava sempre mal naquela casa. Havia períodos de relativa normalidade que se prolongavam durante dias e até semanas.

Seu trabalho de pesquisa, pelo qual se interessava com uma espécie de fria paixão, ajudava-o muitas vezes a esquecer as dificuldades domésticas. Não raro interrompia o que estava fazendo no laboratório para pensar na mulher e desejá-la com um ardor que lhe tornava impossível concentrar-se no trabalho. Era então com impaciência que esperava a hora de voltar para casa e tomar a esposa nos braços. Quando, porém, subiam para o quarto, voltava-lhe a dor de cabeça, a inibição, a anestesia parcial do corpo. Ela, entretanto, não se conformava com a situação: tomava a iniciativa, procurava chamá-lo à vida. Ele se escandalizava ante esses arroubos lúbricos — que achava indecorosos —, mas nem por isso permanecia insensível a eles. Uma vez que outra acabava também excitado, e nessas ocasiões chegava mesmo à posse da mulher, mas sem nenhuma exultação, antes com excessivos cuidados — já que sentia ainda o horror da própria brutalidade da primeira noite — e com um desajeitamento, uma inépcia que quase sempre redundavam num malogro talvez pior que o da impotência absoluta. Terminado tudo, lá estava ela a seu lado, sorridente e compreensiva (como era insultuosa aquela condescendência, como o rebaixava aquele perdão!) a passar-lhe a mão pelos cabelos, a sussurrar-lhe ao ouvido que tudo estava bem, que um dia todas as coisas se ajustariam e então eles seriam "como os outros casais". Ele permanecia num mutismo de pedra. Poucos minutos depois ela dormia a sono solto e ele, de olhos fechados mas insone, ficava como que vendo a cabeça doer e ouvindo o relógio bater as horas lá embaixo.

Numa certa madrugada em que o fracasso foi completo, precipitou-se para a rua, exasperado, aceitou o convite da primeira vagabunda que encontrou, e meteu-se com ela na cama, só para provar a si mesmo que era normal. Ninguém podia dizer o contrário. Estava vivo. Era homem! Saiu, porém, da casa da prostituta com nojo de si mesmo e com a impressão de que estava irremediavelmente sujo. Ficara-lhe nas narinas o perfume barato da mulherzinha. Pior que isso: as vulgaridades que ela dissera continuavam a soar-lhe na mente de maneira obsessiva. Chegando à casa, tomou uma ducha fria mas não teve coragem de voltar para o lado da esposa. Quedou-se no andar térreo, sentado numa poltrona, a fumar e a pensar nos seus problemas. Se não era ele o errado, quem era? Talvez não amasse a mulher... Absurdo. Estava claro que amava, e era exatamente isso que tornava a coisa pior. Tentou explicar a si mesmo que a amava com o espírito e não com o corpo. Ou seria o contrário? Talvez jamais viesse a saber. Adormeceu na poltrona e só acordou na manhã seguinte. Nas primeiras horas do despertar não se lembrou do que havia acontecido na véspera. Foi como se entre a manhã e a noite que passara se houvesse erguido uma sólida muralha cinzenta. Aos poucos, porém, lhe voltaram à mente os acontecimentos da madrugada. E à luz do dia eles lhe pareceram ainda mais sórdidos, estúpidos e melancólicos.

É com uma espécie de piedade que ele agora contempla a projeção de seu vulto na calçada. Tem a sensação de que não é só o corpo que lhe dói, mas também a sombra.

Ergue os olhos. Ali está a pracinha com seu quiosque, os bancos verdes, o chafariz colonial, as árvores anãs. Quantas vezes ele e a mulher vieram à tardinha sentar-se naqueles bancos! Nunca mais. Ela não voltou. Nem voltará. Está tudo perdido. Só lhe resta meter uma bala na cabeça. Sim, suicidar-se na cama do casal. Imagina o clichê no jornal, lê a notícia, vê-se a si mesmo morto, no caixão, a cabeça envolta em ataduras sanguinolentas... Uma nova onda de autocomiseração o envolve e arrebata. Ela lerá a notícia, se sentirá culpada, sofrerá remorsos medonhos, expiará sua culpa. Que culpa? O culpado é ele, só ele, com a sua mania de esmiuçar tudo. É como se, em vez de deixar o microscópio no laboratório, ele o carregasse consigo por toda parte, só pelo mórbido prazer de colocar na lâmina tudo quanto ela dizia e fazia, ansioso por descobrir em suas palavras e atos o micróbio duma intenção maliciosa, do desejo de diminuí-lo, de fazê-lo lembrado de suas deficiências de amante.

Mas que direito tenho eu de censurá-la depois do que fiz aquela noite?

Senta-se pesadamente num dos bancos da praça e esconde o rosto nas mãos.

Estavam na casa de amigos, numa festa de aniversário. Tinham jantado à americana no jardim, a noite estava tépida e uma aragem perfumada de madressilvas balouçava as lanternas que pendiam da pérgula. Uma pequena orquestra tocava na área ladrilhada.

Ele observava a mulher com um misto de admiração e inveja, enquanto ela, com um copo na mão, andava dum lado para outro, de grupo em grupo, soltando risadas, como se a dona da casa a tivesse encarregado de animar a festa. Com que facilidade fazia amigos, com que envolvente encanto tratava a todos! Era indiscutivelmente a pessoa mais popular do grupo. Ele, entretanto, não podia deixar de sentir um mal-estar quando a via cercada de homens. Sim, porque a consciência de suas falhas como marido o havia levado implacavelmente à conclusão, à certeza de que mais tarde ou mais cedo ela acabaria tendo um amante. Era evidente que os homens a admiravam e desejavam. Até mesmo os amigos mais íntimos do casal a cortejavam. Era natural que a considerassem presa fácil, pois decerto interpretavam mal sua franqueza, sua alegria, sua familiaridade... Não poderia ela ser menos expansiva? Não tinha idade suficiente para saber que as pessoas são perversas,

maliciam tudo? E que mania irritante, aquela de tocar sempre o interlocutor! Lá estava ela a dar palmadinhas na mão dum homem...
Alguém sugeriu que dançassem. Os primeiros pares dirigiram-se para a área. Nesse momento ele decidiu levar a mulher para casa: estava ficando tarde — explicou —, tinha de levantar-se cedo na manhã seguinte.
— Mas, querido, agora é que a festa está começando a ficar gostosa!
Puxou-lhe cariciosamente a orelha e beijou-lhe de leve os lábios. Ele se encolheu, numa instintiva careta de nojo: o hálito da mulher recendia a álcool.
— Vamos ficar só um pouquinho mais — suplicou ela.
Tinha o rosto afogueado, os olhos brilhantes ("Uma cadelinha no cio", cochicharam as três tias de preto que a vigiavam dum remoto canto do passado). Um dos homens aproximou-se, enlaçou-a pela cintura, e ela se deixou levar.
Ele teve ímpetos de esbofetear o homem, agarrar a mulher pelo pulso e arrastá-la para o automóvel. Mas conteve-se. Voltou para seu lugar e ali ficou sentado, com um copo de água mineral na mão, casmurro e solitário, já dominado pela impressão de que os outros sabiam de tudo, apiedavam-se dele ou então o desprezavam, considerando-o um pobre-diabo.
Ela não devia permitir que o par a apertasse tanto. Era acintoso. E que era que ele dizia de tão engraçado que a fazia soltar aquelas risadas, atirando a cabeça para trás?
A música parou. Ela correu para o garçom que passava com uma bandeja, apanhou um copo e bebeu um gole largo. Três homens a cercaram. A orquestra rompeu numa rumba. Todos pareciam querer dançar com ela. Disputavam-na. Um segurou-lhe o braço, outro enlaçou-lhe a cintura, o terceiro pôs-se a dançar na frente dela, rebolando despudoradamente as ancas. (Do fundo do casarão as três velhas secas viam tudo e comentavam: "Bem como uma cadelinha cercada de cachorros".)
Insuportável! Ela queria humilhá-lo. Impossível que os outros já não tivessem percebido que ela não ligava a mínima importância ao marido.
Foi esconder seu ressentimento e sua vergonha no fundo do jardim, num recanto sombrio, de onde ficou a ouvir a música, as vozes e as risadas — sim, os latidos da cachorrada.
Horas depois, já no automóvel de volta para casa, estava calado e sombrio, os olhos fitos na estrada, pensando vagamente em precipitar o carro a toda a velocidade num barranco ou arremessá-lo contra uma árvore, para acabar duma vez por todas com aquela agonia. Ela, no entanto, ia muito juntinha dele, a cabeça pousada em seu ombro, a murmurar em sonolenta carícia palavras que ele não entendia nem queria entender. Está bêbeda. Está bêbeda. O estribilho não lhe saía da cabeça. Está bêbeda.

Ao chegarem à casa, ela entrou e ele foi guardar o automóvel. Quando subiu para o quarto, minutos depois, teve um choque. Encontrou-a completamente despida, a esperá-lo de braços abertos, os seios palpitantes, os olhos úmidos de desejo. Escandalizado, quis dizer alguma coisa, mas ela lhe tapou a boca com um beijo, abraçou-o com paixão. (Ele teve a impressão de que a mulher trazia no corpo o cheiro de todos os homens que a haviam tocado.) O desejo dele despertara também, mas agora a parte de seu corpo que permanecia fria e como que anestesiada era o cérebro. Sentiu uma necessidade invencível de insultá-la, feri-la, fazê-la pagar por todas as humilhações que ele sofrera aquela noite.

Os dedos da mulher se lhe atufavam, aflitos, nos cabelos. Ela o atacava com uma agressividade de homem, como se quisesse penetrá-lo, violentá-lo.

"Excitou-se com os outros...", pensava ele. De repente agarrou-a pelos ombros brutalmente e num repelão atirou-a sobre a cama, gritando: "Cadela indecente!".

As palavras terríveis lhe voltam. Doem, queimam como ferro em brasa. Suas faces e orelhas ardem, como se as feridas da noite tivessem recomeçado a sangrar. Que vergonha! Que miséria!

Agora, mais que nunca, teme entrar em casa, pois tem a certeza de que ela não voltou. Como podia voltar depois de haver sido assim tão profundamente insultada?

Ergue-se e retoma caminho com passos incertos, desejando e ao mesmo tempo temendo chegar. Um suor frio e abundante lhe rola pelas faces. Num gesto automático tira o lenço do bolso e põe-se a enxugar tremulamente o rosto.

Já não tem mais dúvidas quanto ao que lhe aconteceu a noite passada. Agora sabe... Perdeu a memória e andou vagueando sem rumo pelas ruas. Foi espancado, roubado, aviltado. Mas por quem? Por quê?

Examina o lenço... De quem é este sangue? E o sangue que lhe manchou a roupa? Seu ou alheio? Se é alheio... Não. A hipótese é demasiadamente cruel para ser verdadeira. Seria o cúmulo se a todos os outros dramas de sua vida se juntasse este outro, mais terrível ainda... E por que não? É possível que ele tenha assassinado alguém quando andava pela cidade em estado crepuscular. E talvez um dia seja chamado a prestar contas por esse crime.

Santo Deus, será que jamais vou ter paz na minha vida?

Olha a medo a seu redor, para verificar se está sendo observado e, como não avista ninguém, atira o lenço na sarjeta e acelera o passo.

Para à esquina. Lá do outro lado da rua — a sua casa. O coração dispara. As mãos tremem. Arde a garganta ressequida. Mais que nunca ele sente o quebrantamento do corpo. Mais que nunca deseja um aconchego humano, um abrigo seguro, uma cama fofa, o acalanto duma voz amiga, um sono profundo, o esquecimento, a paz...

Se ela voltou, ó meu Deus, se ela voltou prometo que daqui por diante tudo vai ser diferente. Agora eu sei. *Mea culpa. Mea máxima culpa.* Prometo. Juro. Por tudo quanto há de mais sagrado. Juro. Juro. Juro.

Começa a atravessar a rua lentamente, a respiração penosa, como se levasse um peso no peito. Avista um homem de branco sentado no meio-fio da calçada, à frente de sua casa. É o mendigo da praça. De olhos baixos ele sopra na gaita e de novo as notas da valsa se erguem no ar da manhã — musiquinha límpida e antiga, doce voz de amigo a assegurar que tudo estará bem, haja o que houver.

Quem é esse homem? Por que me segue? Que saberá de minha noite?

Chega à calçada, detém-se por um minuto, mete a mão no bolso, encontra um níquel e atira-o na direção do vagabundo, que continua a tocar, alheio a tudo. A moeda tilinta nas lajes, por um breve segundo rodopia como uma piorra, depois tomba e ali fica cintilando, esquecida.

Ele entra em casa. Silêncio. Os cheiros familiares o envolvem num abraço, como a dar-lhe as boas-vindas. Seus olhos se enchem de lágrimas.

Caminha para a sala de estar. Ninguém. Tudo quieto. O relógio do consolo está parado. O grande espelho trincado: a enorme aranha. (Foi ontem ou há vinte e cinco anos?) O tapete juncado de pedacinhos de papel.

O silêncio é tão grande que ele julga poder ouvir as batidas do próprio coração.

Ela não voltou. Que será de mim, sozinho, abandonado nesta casa, neste mundo?

Estremece. É que agora ouve um ruído vindo do andar superior. Passos... Sem a menor dúvida. Alguém caminha lá em cima. Virgem santíssima, ela voltou!

Quer gritar pela mulher, mas de novo o nome dela se lhe apaga da mente. Aperta a cabeça com ambas as mãos, no terror quase pânico de outra vez perder a memória por completo. Por alguns segundos de agonia fica como que preso pelas pontas dos dedos às bordas do dia, enquanto o corpo balouça perigosamente sobre os abismos da noite. Faz um esforço supremo para alçar-se rumo da luz. E de repente, lembrando-se, grita:

— Maria! Maria!

E precipita-se para a escada.

Crônica literária

A VERSATILIDADE DE ERICO

É frequente apontar-se para a singularidade da novela *Noite* no conjunto da obra de Erico Verissimo. De fato, de um lado ela contrasta com o sopro épico que perpassa *O tempo e o vento*, com a crônica — quase a caricatura — de costumes que caracteriza os romances do chamado "ciclo de Porto Alegre", com o "realismo" de várias obras, e com o tom de crítica e sátira política que animarão *O senhor embaixador* e *Incidente em Antares*. Ainda assim, por seu tom alegórico, *Noite* guarda um parentesco com o (então) futuro *O prisioneiro* e com um conto como "Sonata": o cenário enevoado e fantástico da memória recuperada ou construída, neste, rima com o clima enevoado e também algo fantástico da perda da memória pelo protagonista, naquela.

Para quem conhece a trajetória intelectual de Erico, *Noite* não surpreende. Erico foi um dos escritores brasileiros mais lidos — no sentido de que leu mais. Como conselheiro editorial da Globo — na época uma das casas editoriais brasileiras mais criativas e inovadoras —, leu muito, muitos estilos, muitas novidades, muitas tradições. Para falar apenas dos autores de vanguarda, James Joyce, Aldous Huxley, Virginia Woolf, Marcel Proust, Franz Kafka, entre muitos outros, foram examinados por seu olhar de editor. Alguns não foram editados pela Globo, fato que ele lamenta em suas memórias. De todo modo, o fato é que graças a suas leituras de editor, Erico tinha, pelo aprendizado, uma gama de estilos à sua disposição. Quando precisou, recorreu a esse repertório — e usou-o.

Noite lembra, sim, *O homem da multidão*, de Poe. Mas também lembra *O processo* e *O castelo*, de Kafka. E *Noites na taverna*, de Álvares de Azevedo, certamente uma das leituras do jovem Erico. Há um processo em curso, só que desta vez o processo é movido pela vítima/réu/juiz/promotor, sem advogado de defesa, que é o próprio personagem.

Noite é uma viagem ao interior da própria culpa. Como o personagem de Poe, esse "Desconhecido", esse "Homem de gris" perambula pelas ruas de uma cidade, Porto Alegre. Àquela altura, de fato a capital gaúcha rivalizava com Londres, onde se passa o conto de Poe. Em 1840 Londres devia ter 750 mil habitantes, o mesmo que Porto Alegre em mil e novecentos e cinquenta e poucos...

Mas Erico foi muito além da evocação das paisagens da capital gaúcha. Usando os cenários conhecidos, foi compondo o painel social de uma *sociedade perdida*: uma sociedade que se perdeu em seus labirintos, tomada pelo anseio de modernidade, e presa a suas raízes do passado, onde as duas dimensões do tempo se confundem.

O conjunto de personagens de *Noite* lembra os funâmbulos de um circo romântico, pleno de grotesco e de ânsia de fuga do real. Como explicar as turpitudes de personagens como o Anão, o Mestre e mesmo a Ruiva, capaz de um ato amoroso, mas tão anônimo que se volta contra si mesmo a ponto de parecer um ato de desprezo? Temos a sensação de estar lendo *O homem que ri*, de Victor Hugo, que certamente fez parte do universo de leituras de Erico. O apelo ao grotesco e à caricatura tem a função de fazer a denúncia de um mundo que vai perdendo sua identidade: é assim que Erico via a sociedade gaúcha — e a brasileira (mas não só elas) — daquele tempo.

O personagem central sangra. Batido por seus acompanhantes, põe-se na posição do *ecce homo*, do Cristo sangrado em benefício da humanidade. Só que em *Noite* não há humanidade em benefício da qual sangrar. Há apenas o silêncio das paredes urbanas, quebrado pela chuva que cai na madrugada e lava as pedras das ruas, mas não as almas, que continuam carregadas de culpas e impossibilidades.

A culpa é o tema central da novela. Mas que culpa é essa? Por exemplo, a culpa da impossibilidade de ser. Seres cujas asas foram cortadas pelo anonimato que caracteriza a modernidade, todos os personagens de *Noite* navegam no espaço intermediário das almas condenadas ao eterno purgatório. Deles, o protagonista central é o mais patético: ele só consegue exercer sua masculinidade quando a mulher lhe é submissa pela prostituição, ou pelo anonimato mútuo, quando ele também se submete à condição do não amor. Depois de condenar a mulher à negação de ser, ele percorre as ruas da "cidade grande" envolto na confusão de, com isso, ter também perdido sua identidade.

Como uma condenação, quando pensa tê-la reencontrado, balbucia o nome da mãe.

Crônica biográfica

O CIDADÃO DAS LETRAS

A novela *Noite* foi publicada em 1954. Na época Erico Verissimo era diretor do departamento de assuntos culturais da União Pan-Americana, organismo que congregava o pessoal permanente da Organização dos Estados Americanos e que depois viria a chamar-se Secretaria-Geral da OEA. Assumira o cargo em 1953, em substituição a Alceu Amoroso Lima, e nele ficaria até 1956. Erico e a família residiam em Washington, sede da entidade. Nessa função, o escritor se tornaria um dos primeiros intelectuais brasileiros a viajar por todas as regiões da América Latina e por boa parte da América do Norte. Em suas viagens, reunia-se com escritores e intelectuais dos lugares que visitava, além de promover reuniões internacionais em outros países — e não só nos Estados Unidos. É um momento de grande abertura para Erico: o gaúcho (ou "Índio", apelido que ganhara de um amigo) de Cruz Alta se torna de fato um "cidadão do mundo", embora jamais tenha abdicado de suas raízes sul-brasileiras.

Em 1951 saíra *O retrato*, segunda parte de *O tempo e o vento*. A recepção cautelosa da obra pela crítica, comparada ao entusiasmo despertado por *O continente* (1949), trouxe dúvidas para Erico. Embora o sucesso junto ao público permanecesse o mesmo, Erico entra num momento de reavaliação, na prática, da própria obra. É esse o primeiro significado de *Noite* na biografia do escritor. O livro é o primeiro de um conjunto, digamos, "intermediário" — entre *O retrato* e o vindouro *O arquipélago*, trilogia cuja publicação, desde o início em três volumes, terá início em 1961 para ser concluída em 1962.

Depois de *O retrato*, em 1956, é publicado *Gente e bichos*, uma coletânea de contos infantis que já haviam vindo a público de forma esparsa. No mesmo ano, Erico faz uma viagem antológica ao México, de onde sairá *México*, publicado em 1957, e que é um clássico no gênero "livro de viagem". Em 1959 sai *O ataque*, também uma coletânea de contos, dessa vez para adultos (o conto que dá nome ao livro é uma publicação antecipada de um trecho de *O arquipélago*). Ainda em 1959, Erico vai com a esposa à Europa e visita, entre outros países, Portugal, onde é recebido com entusiasmo pela intelectualidade e com desconfiança pela polícia salazarista. A desconfiança se justifica, pois, valendo-se de sua condição de visitante ilustre, Erico faz palestras memoráveis defendendo a democracia e a liberdade.

131

Ao mesmo tempo, no Brasil, os embates ideológicos se acirram. São os "anos dourados" do governo de JK, que se estendem de 1955 até 1961, quando Jânio Quadros toma posse. Mas o clima de confiança trazido pelo presidente mineiro fora antecedido pela violenta crise que levara Getúlio Vargas ao suicídio. Foi a época da campanha "O petróleo é nosso", título de um filme de Watson Macedo com Violeta Ferraz, John Herbert, Adelaide Chiozzo e grande elenco, apresentando personalidades como Ivon Cury e Emilinha Borba. "Nacionalistas", defensores da criação da Petrobras, e "americanófilos", defensores do alinhamento do Brasil com os Estados Unidos na Guerra Fria e contrários à fundação da empresa estatal, enfrentavam-se diariamente. Erico sempre fora um entusiasta da democracia norte-americana, mas agora sua admiração começava a relativizar-se diante do papel repressor crescente dos Estados Unidos na América Latina, cujos horizontes se descerravam. Na esfera privada, Erico sentia que a vida em Washington não era propícia a sua projetada continuação de *O tempo e o vento* ("É tudo organizado demais", reclamou).

Com tudo isso, justifica-se que o protagonista de *Noite*, esse "Desconhecido" (assim se chama o personagem) que percorre todas as dimensões da vida noturna de uma cidade sem nome (mas que se parece muito com Porto Alegre), seja percebido como uma projeção do próprio escritor, que busca um caminho entre a memória que vai perdendo a nitidez e o futuro que de repente parece repleto de dúvidas e descaminhos.

Erico está plenamente consciente de que sua moldura intelectual anterior está passando por uma transformação, embora permaneça fiel a princípios que jamais porá em dúvida. Por exemplo, assim como antes tanto a ditadura nazista como a stalinista lhe haviam parecido execráveis, agora ele se recusará a tomar partido entre os beligerantes da Guerra Fria, deixando isso claro em sucessivas intervenções e mesmo em cartas para amigos. E nunca abandonará seu ideal de conciliar justiça social e liberdade, assim como manterá vivo o projeto de criar esse *lieux de mémoire*, "lugar de memória" — parafraseando a expressão do crítico francês Pierre Nora — em que se transformará *O tempo e o vento* com relação à história gaúcha, brasileira e latino-americana.

Paradoxalmente, porém, essa consciência parece estar presente na falta de consciência de que padece o protagonista da novela. Para ele, *tudo se torna mais difícil e complicado* do que antes: ao tempo da Segunda

Guerra Mundial sabia-se qual era o lado do bem e qual o do mal. Agora tudo se torna *gris*, como o terno do personagem em sua peregrinação noturna. Com esse personagem, Erico parece tatear em busca do fio de sua obra.

Biografia de Erico Verissimo

Erico Verissimo nasceu em Cruz Alta (rs), em 1905, e faleceu em Porto Alegre, em 1975. Na juventude, foi bancário e sócio de uma farmácia. Em 1931 casou-se com Mafalda Halfen von Volpe, com quem teve os filhos Clarissa e Luis Fernando. Sua estreia literária foi na *Revista do Globo*, com o conto "Ladrões de gado". A partir de 1930, já radicado em Porto Alegre, tornou-se redator da revista. Depois, foi secretário do Departamento Editorial da Livraria do Globo e também conselheiro editorial, até o fim da vida.

A década de 30 marca a ascensão literária do escritor. Em 1932, ele publica o primeiro livro de contos, *Fantoches*, e em 1933 o primeiro romance, *Clarissa*, inaugurando um grupo de personagens que acompanharia boa parte de sua obra. Em 1938, tem seu primeiro grande sucesso: *Olhai os lírios do campo*. O livro marca o reconhecimento de Erico no país inteiro e em seguida internacionalmente, com a edição de seus romances em vários países: Estados Unidos, Inglaterra, França, Itália, Argentina, Espanha, México, Alemanha, Holanda, Noruega, Japão, Hungria, Indonésia, Polônia, Romênia, Rússia, Suécia, Tchecoslováquia e Finlândia. Erico escreve também livros infantis, como *Os três porquinhos pobres*, *O urso com música na barriga*, *As aventuras do avião vermelho* e *A vida do elefante Basílio*.

Em 1941 faz uma viagem de três meses aos Estados Unidos a convite do Departamento de Estado norte-americano. A estada resulta na obra *Gato preto em campo de neve*, o primeiro de uma série de livros de viagens. Em 1943, dá aulas na Universidade de Berkeley. Volta ao Brasil em 1945, no fim da Segunda Guerra Mundial e do Estado Novo. Em 1953 vai mais uma vez aos Estados Unidos, como diretor do Departamento de Assuntos Culturais da União Pan-Americana, secretaria da Organização dos Estados Americanos (oea).

Em 1947 Erico Verissimo começa a escrever a trilogia *O tempo e o vento*, cuja publicação só termina em 1962. Recebe vários prêmios, como o Jabuti e o Pen Club. Em 1965 publica *O senhor embaixador*, ambientado num hipotético país do Caribe que lembra Cuba. Em 1967 é a vez de *O prisioneiro*, parábola sobre a intervenção dos Estados Unidos no Vietnã. Em plena ditadura, lança *Incidente em Antares* (1971), crítica ao regime militar. Em 1973 sai o primeiro volume de *Solo de clarineta*, seu livro de memórias. Morre em 1975, quando terminava o segundo volume, publicado postumamente.

Obras de Erico Verissimo

Fantoches [1932]
Clarissa [1933]
Música ao longe [1935]
Caminhos cruzados [1935]
Um lugar ao sol [1936]
Olhai os lírios do campo [1938]
Saga [1940]
Gato preto em campo de neve [narrativa de viagem, 1941]
O resto é silêncio [1943]
Breve história da literatura brasileira [ensaio, 1944]
A volta do gato preto [narrativa de viagem, 1946]
As mãos de meu filho [1948]
Noite [1954]
México [narrativa de viagem, 1957]
O Senhor Embaixador [1965]
O prisioneiro [1967]
Israel em abril [narrativa de viagem, 1969]
Um certo capitão Rodrigo [1970]
Incidente em Antares [1971]
Ana Terra [1971]
Um certo Henrique Bertaso [biografia, 1972]
Solo de clarineta [memórias, 2 volumes, 1973, 1976]

O TEMPO E O VENTO

Parte I: *O continente* [2 volumes, 1949]
Parte II: *O retrato* [2 volumes, 1951]
Parte III: *O arquipélago* [3 volumes, 1961-1962]

OBRA INFANTOJUVENIL

A vida de Joana d'Arc [1935]
Meu ABC [1936]
Rosa Maria no castelo encantado [1936]
Os três porquinhos pobres [1936]
As aventuras do avião vermelho [1936]
As aventuras de Tibicuera [1937]
O urso com música na barriga [1938]
Outra vez os três porquinhos [1939]
Aventuras no mundo da higiene [1939]
A vida do elefante Basílio [1939]
Viagem à aurora do mundo [1939]
Gente e bichos [1956]

Copyright © 2009 by Herdeiros de Erico Verissimo
Texto fixado com base na edição princeps, sob coordenação de Maria da Glória Bordini.

Grafia atualizada segundo o Acordo Ortográfico da Língua Portuguesa de 1990,
que entrou em vigor no Brasil em 2009.

CAPA E PROJETO GRÁFICO Raul Loureiro

FOTO DE CAPA E QUARTA CAPA © Steven Lam/ Getty Images

FOTO DE ERICO VERISSIMO Leonid Streliaev

SUPERVISÃO EDITORIAL E TEXTOS FINAIS Flávio Aguiar

ESTABELECIMENTO DO TEXTO Maria da Glória Bordini e Karina Batista Ribeiro

PREPARAÇÃO Cristina Yamazaki

REVISÃO Veridiana Maenaka e Marise Leal

Os personagens e as situações desta obra são reais apenas no universo da ficção;
não se referem a pessoas e fatos concretos, e sobre eles não emitem opinião.

1ª edição, 1954
20ª edição, 1992
21ª edição, 2009, (2 reimpressões)

Dados Internacionais de Catalogação na Publicação (CIP)
(Câmara Brasileira do Livro, SP, Brasil)

Verissimo, Erico, 1905-1975.
  Noite / Erico Verissimo ; Ilustrações Rodrigo Andrade ; prefácio, crônica
literária e crônica biográfica Flávio Aguiar. — São Paulo : Companhia das
Letras, 2009.

  ISBN 978-85-359-1570-9

  1. Ficção brasileira I. Andrade, Rodrigo II. Aguiar, Flávio III. Título

---

09-11435   CDD-869.93

Índice para catálogo sistemático:
1. Ficção : Literatura brasileira 869.93

[2017]
Todos os direitos desta edição reservados à
EDITORA SCHWARCZ S.A.
Rua Bandeira Paulista, 702, cj. 32
04532-002 — São Paulo — SP
Telefone: (11) 3707 3500
www.companhiadasletras.com.br
www.blogdacompanhia.com.br
facebook.com/companhiadasletras
instagram.com/companhiadasletras
twitter.com/cialetras